世界上的
每一朵玫瑰花都有刺

[德] 叔本华 著　六六 译
ARTHUR SCHOPENHAUER

北京时代华文书局

图书在版编目（CIP）数据

世界上的每一朵玫瑰花都有刺 /（德）叔本华著；六六译. -- 北京：北京时代华文书局，2020.6
（轻经典系列 / 陈丽杰主编）
ISBN 978-7-5699-3668-1

Ⅰ . ①世… Ⅱ . ①叔… ②六… Ⅲ . ①随笔－作品集－德国－现代 Ⅳ . ① I516.65

中国版本图书馆 CIP 数据核字（2020）第 061212 号

轻经典系列
QING JINGDIAN XILIE

世界上的每一朵玫瑰花都有刺

SHIJIE SHANG DE MEI YIDUO MEIGUIHUA DOU YOU CI

著　　者｜[德] 叔本华
译　　者｜六　六

出 版 人｜陈　涛
选题策划｜陈丽杰
责任编辑｜袁思远
执行编辑｜高春玲
责任校对｜陈冬梅
封面设计｜艾墨淇
版式设计｜王艾迪
责任印制｜訾　敬

出版发行｜北京时代华文书局 http://www.bjsdsj.com.cn
　　　　　北京市东城区安定门外大街 138 号皇城国际大厦 A 座 8 楼
　　　　　邮编：100011　电话：010-64267955　64267677

印　　刷｜河北京平诚乾印刷有限公司　010-60247905
　　　　　（如发现印装质量问题，请与印刷厂联系调换）

开　　本｜880mm×1230mm　1/32　印　张｜6.5　字　数｜200 千字
版　　次｜2021 年 6 月第 1 版　　　　印　次｜2021 年 6 月第 1 次印刷
书　　号｜ISBN 978-7-5699-3668-1
定　　价｜42.00 元

版权所有，侵权必究

目录 CONTENTS

唯有意志才是自在之物 / 002

无聊和欲望,恰是人生的两极 / 008

生活就像一件必须要完成定额的工作 / 011

人生最大的智慧就是享受当下 / 015

存在即失足,生活即幻灭 / 020

每一部生活史就是一部痛苦史 / 024

天才就是静思默想的人 / 034

每个伟大的人物都看似平凡 / 038

人们总是固执地坚持自己的错误 / 042

庸人缺的是判断力和自己的思想 / 046

经过深思熟虑的东西才是我们的真知 / 049

一

人生最大的智慧就是享受当下

纯粹的经验不能取代思考/ *054*
历史的价值就是让人和人性联成一体/ *057*
美是清晰可见的/ *061*
美是神的赐予，不要轻易抛掷/ *064*
音乐是人人都懂的语言/ *067*
人与命运的搏斗是悲剧的最普遍主题/ *070*
文学的目的在于推动我们的想象力/ *073*
在与财富结伴时，无知才会显得丢人现眼/ *077*
读者的愚蠢简直让人难以置信/ *080*
一个人的作品就是他自己思想的精华/ *085*

二
美是神的赐予，不要轻易抛掷

每个人的优点都与缺点相关联 / *090*
人性中最糟糕的就是幸灾乐祸 / *094*
孤身一人也比背叛自己的人围着要好 / *100*
自由的存在一定是原初的存在 / *104*
美好的品格本身即为一种幸福 / *106*
人类幸福的两个敌人是痛苦与厌倦 / *111*
有天赋和个性的人是最幸福的 / *114*
心灵的财富是唯一真正的宝藏 / *119*
女人只是渴望恬静安稳的一生 / *122*
为爱而结婚的人将生活在痛苦之中 / *132*
出身贫苦的人拥有坚定而充足的自信 / *137*
要么庸俗,要么孤独 / *144*

三
要么庸俗,要么孤独

唱诗班穿过街巷/ *160*
罗素对叔本华的评价/ *162*
李银河对叔本华的评价/ *166*
叔本华生平及大事记/ *169*

附录
我的生命在乌云下暗淡

一

人生最大的智慧就是享受当下

唯有意志才是自在之物

恰恰由于我们不会自满于时下对表象的这些认识，因此才更努力地去探索。我们想知道表象的意义，想知道除了表象以外，这世界是不是就什么也没有了——假如真是这样，那么世界也就一定同虚幻的梦、幽灵般的海市蜃楼一样，根本不值得我们去探求了。我们想知道的是，除了是表象以外，世界是不是还有其他什么；假如有，那到底是什么呢？

想从表象来探寻事物的本质，基本行不通。不管怎样探寻，除了作为比喻的空洞、形象的名称以外，人们什么也得不到，就像一个徒自绕着皇宫走而找不到入口的人，最终只能把各面宫墙描绘一番。在我之前，所谓的哲学家们走的都是这条路。

这样一来，探讨者自己就陷入了一个怪圈：在这个世界里，他是以个体的形式而存在的，这也就表明他的认识即便是作为表象的整个世界的前提，但到底是通过身体所获得的。就像前文所指出的，悟性在直观这世界时以身体的感受为着眼点。只当作认识者的主体，以其为主体来说，身体就是表象里的一个表象，客体里的一个客体。假如不以完全不同的方式来考察这身体的活动与行为上的意义，对这个主体来说，就和它所知道的全部其他直观客体的变化一样，既陌生又不能理解。应该说，这个结果是作为个体出现的认识主体早就清楚的了，这就是"意志"。也只有它才是主体理解自己这个现象的钥匙，从而一一揭示和指出了它的本质和作为，行动的意义和内在的动力。

意志和身体的活动，并不是经过因果性关联起来的两种客观地认识到的不同情况，并不在因与果的关系当中，而是合二为一的同一事物，仅是在两种完全不同的方式下的给予：一种是完全直接的给予，一种是在直观中悟性的给予。身体的活动只是客体化了的、进入了直观的意志活动。因此我想把这一真理放在其他真理之上，称之为最高意义上的哲学真理。这一真理可以采用不同的方式来表达，比如：我的身体和意志是同一的；被我看作直观表象且称为我的身体的事物，只要它是在一个没有其他方式可比拟的情形下为我所意识，那它就是我的意志；我的身体就是我的意志的客体性；假如忽略"我的身体是我的表象"这一点，那我的身体就只是我的意志；诸如此类。

身体的每一部分必须要和意志得以释放的主要欲望相吻合，一定是欲望的可见表现：牙齿、食道和肠道的输送就是饥饿的客体化；而拿取物品的手与跑步的腿所结合的已是意志较为间接的要求了，二者就是这些要求的可见表现。就好比人的普通体形与人的普通意志相吻合，个人的身体也与个体形成的意志、性格相吻合。因此不管是对全体还是每一部分来说，人的身体都有个体的特征，表现力丰富。亚里士多德在《形而上学》里所引的巴门尼德斯的一段诗句，就表达了这种思想：

就像人人都有屈伸自如的躯体结构，
与之相对应的，就是人们内心的灵魂；
由于精神与人的自然躯体
对于所有人都一样，在这之上
有决定性的依然是智慧。

唯有意志才是自在之物。作为意志就必然不是表象，并在种类上异于表象。它是一切表象、客体以及现象、客体性和可见性的出处。它是个别的，而且也是整体的内核。在每种盲目起作用的自然之力中，在每一个通过人类思考的行动之中，都有它的身影。而从显现的程度上看，两者有着很大的差异，不过对"显现者"的本质来说则并不是这样。

就像是一道符咒，"意志"这两个字好像要为人们揭示出自然界事物最内在的本质，这并不是一个未知数的标志，并不是一个由推理得到的东西，而是表明我们直接认识的东西，且是我们非常熟悉的；我们清楚并比了解其他东西更了解意志，无论那是什么。过去，意志常被人们放在力的概念之下，我则恰恰相反，要把自然界中的一切力都想象为意志。人们不该只把这归于字面上的争论，认为这没什么、可以不予理会，而更应将其作为特别重要且别具意义的事情。和其他概念相同，力也是以客观世界的直观认识——现象，即表象——为依据并由此而生的；是从因与果支配的范围内提取出来的，所以也是从直观表象中而来的。假如将力归于意志这个概念，实际上就相当于将较未知的还原为最熟悉的、最直接的且完全已知的，这也就大大地扩展了我们的认识。

意志在作为人的意志而表现得尤为清楚明白时，人也就可以完全认识到意志的无根据性而将人的意志称为自由独立的，不过又会将意志的现象到处要服从的必然性忽略掉，而以为行为同样是自由的。行为并非是自由的，动机作用于性格产生的一切个别行为都遵循着严格的必然性。就像前面说的，一切必然性都是因与果的关系，而一定不是其他。根据律是现象的一般形式，和其他现象一样，人在其行动中肯定也要服从根据律。当然意志是在自我意识里直接被认识的，因此在意识里也含有对自由的意识，但这样就忽视了作为个体的人，人格意义上的人并不是自在之物的意志，而是意志的现象了，由此也就进入了现象的形式——根据律了。这就是怪事的根源：人人都先验地以为自己是绝对自由的，在部分行为中也一样，无论哪个瞬间都可以开始另一种生涯，即变为另一个人。但在后验地经验中他惊讶地发现自己并不是自由的，而是得服从必然性；即便自己有很多计划与详尽的思考，但实际的行径最后并不会改变；从出生到死亡，他都一定要扮演自己不愿承担的角色，直到结束。

从根本上说，不管是理性的认识，还是直观的认识，它们都是由意志本身而来的。假如只作为一种辅助工具，一种"器械"，那么和身体的器官一样，认识也是维系个体与种族存在的工具，并属于意志客体化高层次的本质。认识是为实现意志的目的，为意志服务的，自始至终它都很驯服并胜任；在所有动物——差不多也包括所有的人——都是如此。

我已经成功地传递出了一个如此明确的真理：我们存在的这个世

界，按其本质来说，根本即是意志，根本即是表象——这就已假设了一种形式，主体与客体的形式，因而表象是相对的。假如我们问，在取消了这一形式和全部由根据律引出的从属形式以后还有什么？那么，除了意志，这个在种类上就异于表象的东西不会再是别的什么了。因此真正的自在之物就是意志。每个人都会看到，自己就是它，世界的内在本质就在其中。而每个人也会看到，自己就是认识着的主体，整个世界就是主体的表象；在人的意识作为表象的支柱这个前提下，表象才有了它的存在。所以，在这双重观点下，人本身就是这世界，就是小宇宙，并且认识到这世界的两个方面皆备于我。如果每个人都能承认自己固有的本质，那么，整个世界的、大宇宙的本质也将被归于其中。因此，不管是世界还是人本身，根本即是意志，根本即是表象，除此再无其他了。

实际在本质上，意志本身是没有任何界限、任何目的的，它是无限的追求。我们在讲到离心力时就触及了这一点。在重力——意志客体化的最低级别——上也可以发现这一点；重力永不停息地奔往一个方向，这很容易让人看出它没有最终的目的。由于，即便一切存在的物质都按照其意志组成一个整体，但在这个整体中重力朝着中心点奋力前行的同时也要对付不可透入性——不管它是固体的还是弹性的。所以物质的这种追求常受到阻碍，进而不会也一直得不到满足或安宁。意志的全部现象的追求就是这种情形。在实现某个目标以后，又开始了一个新的追求过程，就如此反复以至无穷。植物从种子经过根、茎、枝、叶、花和果，以提高自身的显现，但最终的结果却只是新种子的开始，新的个体开端，又按照原有的过程上演，历经无限的时间循环往复。

动物亦是这样：过程的顶点就是生育，完成以后，这一批的个体生命时间不定地走向死亡，与此同时，新个体的出现很自然地保证了这一物种的延续，继续着相同的过程。无限的流动，恒久的变化，属于意志的本质显现，一样的情形也可以在人们的追求欲望里看到。这些欲望常常把自身的满足当作欲求的最后目标来诓骗我们，而一旦实现，就很快又被抛开了；即便我们不愿意坦率承认这点，实际上也常常当作消逝的幻想放在一边。假如还有什么值得期盼的，能使这游戏继续进行而不会陷入停顿，那就是幸运的了。从愿望到满足再到新愿望，这一持续不断的过程要是循环得快，就是幸福，慢，就是痛苦；而陷于停顿之中，就成了僵化生命的空虚无聊，成了毫无对象、模糊无力的妄想，成了致命的苦闷。由此，当意志有意识地把它照亮时，会清楚它此时的欲求，在此处的欲求，却并不明白它根本的欲求。每一个别的活动均有目的，但整体的总欲求却毫无目的。这就好比每一个别自然现象在随时随地显现时一定有一个充足原因，而在现象中显出的力却完全不需要原因，由于这个原因已是自在之物的、没有根据的意志现象的层次。总体而言，意志的自我认识即是总的表象——整个直观的世界，它是意志的客体性与显出，就像镜子一样。

无聊和欲望，
恰是人生的两极

劳心劳力，虽然是人们都不愿承受，却一辈子也无法逃避的命运，但是，如果一切欲望还没出现就已经获得了满足，那人们又该用什么方式来度过漫长人生呢？如果人们生活在童话里的极乐国，在那儿一切都自动生长，烤熟的鸽子在天上飞来飞去，人人都很快就遇到了自己的爱侣，且很容易就拥有了他。假如真是这样，那么结果肯定是：一些人无聊得生不如死，甚至会选择自杀；一些人则故意找事，互相残杀，以给自己制造出更多的痛苦。这样看来，再没有什么舞台更适合这种人活动和生存了。

我已经在前文向大家做了交代：舒适与幸福具有否定的性质，而痛苦则具有肯定的性质——所以，一个人是不是过得幸福，并不能以他曾经拥有的快乐和享受为衡量标注，而要看他一辈子痛苦和悲哀的程度，这些才具有肯定的性质。不过如此一来，动物所遭受的命运好像比人的命运更容易忍受了。让我们认真考察一下二者的情形吧。

无论幸福与不幸以如何复杂多变的形式呈现，并刺激人们追求幸福，逃避不幸，构成二者的物质基础都源于身体上的满意或痛苦。这一基础不过就是健康、食物、免受恶劣环境的侵袭、得到性欲的满足，或者没有这一切。因此，与动物相比，人并没有享有更多真正的身体享受——除了人的更加高级的神经系统对这些享乐具有更敏感的感受。然而与此相对应的，人对每一种痛苦的感受也更加深刻了。人的身体上被刺激起来的情感，比动物的情感要强很多倍！情绪的波动也激烈得多，深沉得多！但是这一切的最终目的却并不比动物高明：不过是健康、饱暖等罢了。

人和动物之所以表现出这样不同的情况，完全是由于除了眼前的事，人更多地想到了未来。这样一来，在经过思维的加工以后，一切效果都被加强了；也就是说，正由于有了思维，人才有了忧虑、恐惧和希望。这些和现实的苦乐相比，对人的折磨尤甚，而动物所感受到的苦乐，只局限于当前。换句话说，动物缺乏人静思回想这一苦乐的加工器；所以动物不会把欢乐和痛苦积累起来，但人类凭借回想和预测做到了这一点。

对动物来说，当前的痛苦，始终是当前的痛苦，就算这一痛苦不断循环出现，它也只是现时的痛苦，跟它首次出现时没什么不一样，这样的痛苦也不会有所积累。所以动物们享有那种让人非常向往的无忧无虑。与之相比，由于人类拥有静思回想和与之相关的东西，那些本来是动物和人类共有的苦乐体验，在人类这里的感觉反而大大增强了，而这一切常常会造成瞬间的甚至致命的狂言，或者是足以引发自杀行为的极度的绝望和痛苦。仔细想想，事情就是这样。与满足动物的需求相比，满足人的需求本来只是稍微困难一些，但是为了增强欲望获得满足时的快感，就人为地增加了自己的需求，排场、鸦片、奢侈、烟酒、珍馐……与之相关的事物接踵而至。不但这样，也是由于静思回想，那些因荣誉感、羞耻感或雄心所产生的快乐或痛苦，也唯有人类才会感受得到。总之，这一苦乐的根源，就是人们对他人怎样看待自身的关注。

人的精神被这一根源所引起的苦乐占据着——事实上，一切其他方面的痛苦或快乐根本不能与之相比。为赢得他人好感的雄心壮志，尽管形式上各式各样，但差不多每个人都为之努力拼搏着——而这一切努力已不只是为身体的苦乐了。即使人比动物多了真正智力上的享受——这里具有等级的差别，从最基本的谈话、游戏，到人类创造的最高的精神智慧的结晶——当然，与之相对应的痛苦却很无聊，这对动物而言是不能被感知的——处在自然状态下的动物大致如此，那些被驯养的最聪明的动物也许能感知到这点。

对于人类来说，无聊就像鞭笞般难受，从那些只懂得塞满钱包却脑袋空空的可怜虫身上我们能看到这些痛苦；对他们来说，优良的生活条件已变成一种惩罚，他们已陷进无聊的深渊。为了躲避这一恐怖的境地，他们四处旅行，今天到这儿消遣，明天到那儿游玩。刚刚抵达某处，就四处打探可供"消遣"的地方，就像饥肠辘辘的贫困者忧心地探询赈济局的所在地。无聊和欲望，恰是人生的两极。

生活就像一件必须要完成定额的工作

对认知本身来说，无所谓苦痛。痛苦仅和意志有关，它的情形只不过是意志受到阻碍、抑制，而对此的额外要求就是必须对阻碍和抑制有所认识，这好比光线只有在物体反射光线时才可以照亮空间，声音只有在出现回响、共鸣，触碰到硬物产生空气波，且限定在特定的距离时才会被耳朵听见——也正由于此，在孤寂的山巅发出的呐喊和于辽阔的平原上歌唱，唯有低微的音响效果。同理，意志受到的阻碍和抑制，必定有着恰当的认识力，所谓的感觉痛苦才会成立，不过对认识力本身而言，痛苦仍是陌生的。

因此，感受到身体痛苦的前提，就是神经及其与脑髓的连接。所以假如切断了手脚连接脑髓的神经，抑或由于实施了哥罗芬麻醉，导致脑髓丧失了本身的功能，那么即便手脚受到损伤，我们也是感知不到的。所以，如果濒死的人意识消失，随之出现的身体的抽搐就被看作没有苦痛。而感知"精神"的痛苦要以认知为条件，就不需赘言了，很容易就可以看出精神的痛苦是随着认知程度的提高而不断增加的。因此，我们可以用一个非常形象的比喻来形容二者的关系：意志就像琴弦，对意志的阻碍或抑制就是琴弦的颤动，认知就是琴上的共鸣板，痛苦就是因此产生的声响。

如此看来，无论意志遭受什么样的抑制，植物和无机体都不会有痛感。与之相比，无论是什么动物，即使是纤毛虫，都会有痛感，因为认知是动物的共性，不管这一认知有多不完美。伴随动物等级的提高，由认知而感受到的痛感也不断增强。所以最低等的动物只会感受到最微弱的痛苦，比如身体差点儿被撕断的昆虫，只靠着肠子的一丝粘连还能够狼吞虎咽地进食。就算是最高等的动物，由于缺乏思想与概念，它们所感知的痛苦也不能与人的痛苦同日而语。它们只在否定了意志的可能性以后，对痛苦的感知力才能达到最高程度。假如不存在否定意志的可能性，这一感受就变成了毫无意义的痛苦折磨。

年轻时，我们对未来的生活充满憧憬，就像在剧院里等着大幕开启的孩子，迫切而兴奋地期待即将上演的好剧。对现实即将发生的事情毫无所知，其实是一种福气，在对真相了如指掌的人看来，这些孩子有时就像一群无辜的少年犯——没有被判死刑，反而被判要活下去，只是对这个判决所含有的意义，他们并不清楚。即使如此，人们也都想长寿，也都要达到这样的境界："从以此后每况愈下，直至最糟糕的一天到来。"

倘若我们能竭尽全力地设想一下，太阳在运转的过程中照耀到的一切匮乏、痛苦以及磨难的总和，我们就必须得承认：假如像月球那样，太阳没有在地球上创造出生命，而地球表面依然处在晶体的状态下，情况也许会更好一些。

我们也能够把生活看作是在极乐的安宁与虚无中加进的一小段骚动的插曲——即使毫无意义。不管怎样，即使是那些看起来生活得挺幸福的人，活得越久，越会清醒地认识到：总体而言，生活就是幻灭，不，准确地说就是一场骗局；或者更确切地说：生活具有某种错综复杂的气质。当两个年轻时的挚友，分别了大半生，晚年再度重逢时，二位老人间相互激起的就是"对自己一辈子彻底的幻灭与失望"感，因为只要看见对方，就会唤起自己对过去生活的记忆。在那活力四射的昨日，在他们眼里，生活散发着多彩的光芒；生活对我们的许诺如此丰富，只是真正履行的又没有几个——在昔日知己久别重逢的时候，这种感觉显然占据了上风，他们甚至不必用语言来描述，而相互心有灵犀，在心灵感应的基础上畅言怀旧。

如果谁经历了几代人的世事沧桑，就会产生一种好似旁观者的心境：这位观众已遍览市井戏台上全部的魔术杂耍，假如他一直坐在观众席上，接下来的节目不过是同样表演的循环往复。这些节目只为一场表演而设，所以在清楚了内容以后，不再有新奇感，重复的表演只会让人乏味。

假如考虑到宇宙浩繁复杂的布置安排：茫茫宇宙中，数不尽的发着光的、燃烧着的恒星，除了用自己的光热照别的星球以外，再没有其他事情可做；而被它们照亮的星球就是不幸与苦难上演的舞台。身处其中，即使遇到天大的好运，我们能获得的也只有无聊，就从我们所熟悉的物种来看，如此判断并不过分——倘若把这一切都考虑进去，那必定会让人发疯。

因此没有绝对值得我们羡慕的人，不过值得我们同情的人却数之不尽。

生活就像一件必须要完成定额的工作。从这个意义上讲，所谓的"安息"确实是最准确的表述。

在这个世界上，人类是被折磨者，同样也是折磨别人的魔鬼——这里就是地狱。

人生最大的智慧就是享受当下

并不像人们所说的,这个世界上的事物的特征只是缺少完美,其实是颠倒和扭曲。不论是人的智力、道德,还是自然物理方面,一切都体现了这一点。

面对诸多恶行,常常会有这样的借口传入我们耳中:"对于人类来说,这样的行径其实是自然的。"但这样的借口没有一点说服力;我们对此的回答应该是:"正因为这样的行为非常恶劣,因此它是自然的;正因为它是自然的,因此它非常恶劣。"假如能准确理解这个思想的含意,那就表明已对原罪学说有所认识了。

我们在评判某个人时,必须要坚持这样的观点:此人存在的基础是"原罪"——某种罪恶、荒谬与颠倒,原本就是一些无胜于有的东西,所以一个人注定要死亡。此人的劣根性必定也是通过这样一个典型现实反映的,没有人能经得起真正的审视和检查。我们还要对人这样一类生物抱有什么样的期待呢?所以从这一点出发,我们能更加宽容地评判他人;即使是潜伏在人身上的魔鬼突然苏醒发威，我们也不会过于吃惊；我们也会尤为珍视在他人身上看到的优点，不管这是源自其智力还是别的什么因素。我们对他人的处境也会更加关注，并会认识到：从本质上讲，生活就是一种感到匮乏、不断需求与经常处于悲惨之中的条件状态，不论是谁，都得为自己的生存努力奋斗，所以就不会总是一副笑脸迎人的样子。

假如人真的像乐观的宗教与哲学所描述的样子，也就是说人是上帝的作品，甚或就是上帝的化身，并且不论从什么意义上讲，人这一类生物都是他应该成为的样子，那么，在我们与一个人初次见面、加深了解进而相互交往以后，我们所获得的印象与这种说法会是多么截然不同啊！

"原谅就是一切。"（《辛白林》，第5幕第5景）我们要用宽容的态度来对待人们的缺点、愚蠢和恶劣的行径，因为我们眼前看到的只是人类的共同缺陷。而我们之所以会对这缺陷这样愤怒，只因此刻我们自己还没有显现这些罢了。

也就是说，它们并未现于表面，而是藏在深处。如果有机会，就会马上现身，这好比我们从他人那里获得的经验，即使某种弱点在某个人身上会更加清晰，但不能否认的是，由于人具有个体差异性，在一个人身上的全部恶劣因子要比在另一个人身上的劣根性的总和还要多。

生存的虚无感到处都有，显露无遗：生存的整个形态；空间与时间的无限，相形之下个体在空间与时间上的有限；现时的匆匆易逝，却是现实此时仅有的存在形式；所有事物间相互依存又相对的关系；一切都处在不断变化之中，没有任何驻留、固定的存在；无限的渴望伴随着永远无法得到的满足；一切付出的努力都受到阻碍，生命的进程就是这样，直到阻碍被克服为止……时间和它所包含的所有事物所具有的无常、易逝的本质，只是一种形式罢了，像这样的努力与拼夺的虚无本质就以此向生存意志显现而出，而后者作为自在之物，是永恒存在的。由于时间的缘故，所有的一切都在我们的手中立刻化为虚无，其真正价值也全部消逝了。

以往曾存在过的，现在已不再，就好像从来没有存在过一样。但当前存在着的一切，在下一刻就成了过去的存在。所以与最重要和最有意义的过去相比，确实性就是最不重要和最没意义的现在所具有的根本优势。因此，现在与过去的关系，就相当于有与无的关系。

人们非常惊讶于这样的发现：在经过许多个千万年以后，自己忽然存在了！之后经过不长的一段时间，自己又会回归到漫长时间的非存在。这里面总有一些不妥——我们的心这样说。想到这样一些事情，即使是悟性很低的粗人，也可以隐隐触碰到时间的观念。若想真正步入形而上学的殿堂，就一定要清楚作为观念存在的空间与时间，这为我们理解其他同自然秩序完全不同的事物秩序奠定了基础。康德的伟大就在这里。

我们生命里的一切只在某一刻才属于现在时的"be"，当这一刻过去以后它会永远变成过去时的"used to be"。每当夜幕降临，就表明我们又少了一天。眼见我们原本很少的时间渐渐消失不见，这的确会让我们变得疯狂，所幸我们的内在深处还隐隐意识到：永不枯竭的源泉属于我们，生命时间可以借着这一源泉获得无限的更新。

基于前述这些思考，我们可以得出这样的理论：人生最大的智慧，就是享受当前的时刻并使它成为生命里永恒的目标，因为只有当前的这一刻才是唯一且真实的，其余的一切只是我们的想法和思绪罢了；不过我们一样也可以把这类做法看作最大的愚蠢，因为在随后的时刻发生的，会像上一刻那般梦一样消失得踪影全无，不复存在，这类东西永不值得用心地奋力争取。

唯有不断消失的现时才是我们生存的基点，此外没有其他。实质上，我们的生存形式就是连续不断的运动，那种朝思暮想的安宁基本上是不可能的。人类的生存就像一个跑下山坡的人——若想停下脚步就肯定会摔倒，唯有接着奔跑才能找到平衡以便稳住身体；或者好比在手指上掌握平衡的木杆；再不就像行星，假如停止向前运行，就会撞到太阳。所以生存的根本特征就是运动不止。

在这样一个没有固定性的世界里，保持不变的状态是没法实现的，所有的一切都在变化与循环着。人人都在匆匆前行与奔驰，好比不断前行、做出很多动作以保证身体平衡的走钢丝的人——这样的世界，幸福无从谈起。

在一个柏拉图所说的"只有持续永恒的形成、发展，永无既成存在"的地方，幸福没有安身之处。没有人是幸福的，而每个人一辈子都在争取一种臆想的、却很少获得的幸福。假如真能得到这样的幸福，那他尝到的只有失望、幻灭的滋味。一般来说，在人们终于到达港湾时,搭乘的船只早已千疮百孔,风帆、桅杆更是踪影全无。但鉴于生活仅由稍纵即逝的现时所构成,现时的生活立刻就会完结,所以,一个人究竟曾经是幸福还是不幸,就不太重要了。

存在即失足，
生活即幻灭

人所拥有的复杂又极尽巧妙的机体，就是生存意志所显现的最完美的现象，不过这机体最后仍会归于尘土，所以，这一现象整个的本质与努力显然也要走向毁灭。从本质上讲，意志的一切争取都是虚幻的——所有这些就是真实的大自然所给予的最朴实和单纯的表达。如果存在本身具有真正的不附带条件的价值，那么这个存在的目的就不应是非存在。歌德优美诗句的字里行间也隐含着这种感觉：

于古老塔顶的巅峰，
英雄的高贵精灵在上。

首先能从这样一个事实中推断出死亡的必然：由于人只是一种现象，因此也就不是"真正确实的"（柏拉图语）——假如人确实是自在之物，就不会消亡。而这些现象后面所隐含的自在之物，却由于自在之物的本性，只能在现象之内显现出来。

我们的开始和我们的结束，两相对比，反差是如此之大！前者在肉欲创造的幻象和性欲快感带来的意乱情迷里产生，后者则伴随着器官的衰亡和尸体散发的恶臭。在快乐享受生命的问题上，从出生到死亡常常走下坡路：天真无邪的童年，快乐幻想的青年，奋发图强的中年，年老体衰又让人怜惜的老年，临死疾病的折磨和与死神最后的战斗。所有这些无不表明：存在即失足，恶果越来越明显地显露出来。

生活即幻灭，没有比这更准确的见解了。一切的一切都正确地表明了这一点。

生活具有某些微观的特征：一个不可分的点被空间和时间这两种强力透镜拉扯。因此我们眼前的生活已被放大了许多。

时间仅是我们思想中的装置，经过某个意义上的时间的维持，为一切事物（当然也包含我们自己的虚幻存在）穿上一件实实在在的外衣。

为错失享受快乐或幸福的良机而懊悔伤心，这是非常愚蠢的！这些快乐幸福能维持到如今吗？只会变成某种无聊的记忆而已。我们真实享受经历过的事情都是这样。因此，所谓的"时间形式"只是个媒介，就像是特地为使我们清楚尘世间快乐的虚无本质而特设的一样。

不管是人类还是动物，其存在并不是某种永恒不变的事物，刚好相反，这些皆是流动性的存在，只有连续不断地变化才成为存在，这就像是水中的旋涡。即便身体的"形式"暂时、大概地存在，但前提是身体物质要不停地变化、不停地新陈代谢。所以，时时努力获取适合流入身体的物质，就是人和动物的第一要务。同时，他们也会意识到上述方式只能暂时维持他们这样的生存构成，所以随着死亡的到来，他们非常渴望且身体力行地将其生存通过多种方式传递给将要取代他们的生物。这种奋斗与渴望，出现在自我意识中就是性欲；在对其他事物的意识，即对客体事物的直观中，则是以生殖器的形式显现的。这种驱动力就像是把珍珠串联起来的一条线，线上的珍珠就是那些迅速交替的个体生物。假如在我们的想象里加快这种交替，且在单一个体与整个序列里，只以永恒的形式出现，而物质材料一直处于永恒变化之中，由此我们就会认识到，我们不过是一种并不确定的、表面的存在。这种对生存的理解与阐释构成了柏拉图学说的基础，这一学说将告诉我们：存在的只有理念，而与理念相对应的事物，仅具有影子般的构成。

我们，只是单纯的现象，同自在之物完全不同——这一看法在以下事实中得到了最直观的阐释：持续的吸收与排泄物质就是保证我们生存的必要条件，对此（食物和营养）的需求常常循环出现。个中情形就好像那些需要供应物维持的烟火或喷射出的水流，供应物如果停止，现象也就随之渐渐停止、消失了。

也可以这样说，生存意志是通过纯粹的现象显露出来的，所有这些现象最后都将彻底地由有变成无。不过这种"无"及其连带现象一直都处于生存意志的范围里，并以此为根基。当然这些全是模糊难明的。

假如我们不再从宏观上审视世事发展的进程——尤其是人类世代

更替的迅即及其存在假象的匆匆一现，而转为观察人类生活的精细之处（就像喜剧故事中所表现出的那样），于此，我们所得到的印象，就好像在高倍显微镜下观察充满纤毛虫的水滴，或察看一小块儿奶酪菌——螨虫们的辛苦劳动与时而发生的争斗让我们忍俊不禁，这就像在一个极为窄小的空间内大模大样地开展严肃而隆重的活动，在极为有限的时间内做出相同的举动，也会产生一样的喜剧效果。

每一部生活史
就是一部痛苦史

我们要通过人的生存本身,来考量意志内在的、本质的命运,由此来证明:生命本质上就是痛苦。

不管在什么层次的认识上,意志皆是以个体的形式出现的。作为个体的人,在无限的时空中仍自觉是有限的,与无限的时间和无垠的空间相比,自身以几乎一个消逝的数量,投入到时空的无限。既然时间与空间无限,那么个体的人只会有一个相对的某时某地,个体所处的时间与地点也仅是无穷无尽中的特别有限的部分。真正个体的生存,只有现时当下。现在会不可避免地逃入过去,就是不断过渡到死亡,慢性的死。个体过去的生命,排除对现时存在的某些后果,除了铭刻的过去与这一个体意志相关的证据不论,既然已经死去、完结、化为虚无了,如此,个体在适当的情形下就一定会将过去慢慢淡忘,无论那内容是快乐还是痛苦。

我们早已在无知无识的自然界中发现其内在本质就是不断地、无休止无目的地追求挣扎,尤其在我们观察人和动物时,这一点就更加明显地显现在我们面前。人的一切本质就是欲望和挣扎,能与不可抑制的口渴相比较。不过,需要是全部欲求的基础,缺陷就意味着痛苦,所以人本来就是痛苦的,人的本质就逃不出痛苦的掌心。假如并非如此,人会因为容易得到满足,而即时消除了他的欲望,欲求的对象也就随之消失了。这样一来,恐怖的无聊与空虚就会乘虚而入,就会让人感到自身的存在和生存本身是不能承受的负担。因此,人生的过程就像钟摆一样,在痛苦与无聊间不停摆动;实际上,二者就是人生的最后两种成分。

构成意志现象本质的,就是那不停地追求与挣扎,在客体化的较高层次上,它之所以依然占据首要的与最为普遍的基地,是因为在这些层次上,意志呈现为一个生命体,并遵从供养这个生命体的原则;而让这一原则发挥作用的,恰恰在于这一生命体即是客体化了的生命意志本身。据此,作为意志最完美的客体化——人也就成了生物中拥有最多需求的生物了。人——全部是具体的欲求与需要,是无数需求的凝聚体。带着这些需求在这个世上生存,人只能靠自己,一切都没有定数,只有自己的需要才是最真实的。在如此直接而沉重的需求下,全部人生常常都在为维护那生存而忧虑着。这个世界对他来说,没有一点儿安全感。有诗为证:

人生如此黑暗,
危险如此之多;
只要一息尚存,
就这样、这样度过!

大多数人的一生都在为生存不断拼搏着，即使明知这场战斗的结果是失败。而让他们可以经得住这场艰苦卓绝的战斗的原因既是贪生，更是怕死；不过死毕竟常常站在后台，且不能避免，随时会走到前台来。生命本身就是处处布满旋涡与暗礁的海洋。人想方设法地想要避开这些旋涡与暗礁，尽管知道自己即便使出"浑身解数"成功避开这些陷阱，也会一步步走向那不可避免的、无可救药的、最终的海底葬身，并且是直对着这个结果，一往无前地驶向死亡。

不过现时需要注意的是，首先，人生的烦恼与痛苦很容易激增，以至于死亡竟成为人所期盼的事情，人们甘愿奔向它；其次，人刚刚在痛苦与困乏中得到喘息，空虚无聊立刻乘虚而入，以至于人又必然寻找消遣。那些有生命的事物忙忙碌碌地运转，原本是迫于生存，但是如果他们的生存已经毫无问题，他们就不知道该怎么办了。因此，推动他们的第二个动力就是摆脱这种负担（即生存）的挣扎，让生存不会被感知，即打发时间、排遣空虚无聊的挣扎。

这样我们就看到，几乎所有无忧无虑的人在抛掉了一切其他的包袱以后，却把自身当作包袱了；现时的情形是，打发掉的每一小时，即曾经为此倾尽全力以使之延长的生命中扣除一分，这反而变成收获了。不过空虚无聊却也不是可以轻视的祸害，最后它会在人的面孔上描绘出最鲜活的绝望，它将使像人这样并不如何互助互爱的生物忽然急切地相互追求，因此它就成了人们喜爱社交的动因了。就如同人们应付其他的灾害一样，为了避免空虚无聊的侵袭，只是出于政治上的考虑，处处都有公共的设备。由于这一灾害与饥饿一样，会促使人们奔往最大限度的肆无忌惮，人们需要的是"面包与马戏"。费城的忏悔院以寂寞和无所事事让空虚无聊成了一项惩罚的措施;而这种恐怖的惩罚已导致罪犯的自杀。困乏是平民们平时的灾难,与此相对的,空虚无聊就是上流社会平时的灾难。在平民生活中,星期日就意味着空虚无聊,六个工作日就意味着困乏。

由此看来,人生是在欲求和达到欲求间被消磨掉了,愿望的本性就是痛苦。愿望的达成将很快趋于饱和状态。目标形同虚设:每拥有一物,就表明让一物失去了刺激,于是欲求又以新的形态出现,不然,寂寞空虚就会乘虚而入;不过和这些东西做斗争,并不比与困乏做斗争来得轻松——只有当欲求和满足相交替的时间间隔刚刚好,二者所产生的痛苦又减少到最低时,才能构成幸福的生活过程。这是因为,人们习惯上认为的生活中最美妙、最纯粹的愉快的部分(这种愉快能让我们从现实生存中超脱而出,让我们变成对这种生存一点儿都不心动的旁观者),就是没有目的和欲求的单纯的认识,好比对美的体味,从艺术上得到的怡悦,等等。只有一小部分人可以享受到(这对天赋要求极高),而即使是这一小部分人,其享受的过程也是很短的,而且因为自己具有较高的智力,让他们所能感知的痛苦比那些迟钝的人多很多;不但这样,也让他们显然孤立于和他们不同的人群,那一丝对美的享受也因此被抵消了。

至于绝大部分的普通人,他们不能享受这种纯智力的好处,那种从艺术上得到的怡悦,他们也没法享受,反而完全处在欲求的支配下。因此,如果想引起他们的兴趣,受到他们的青睐,就一定要通过某种方式刺激他们的意志,哪怕只是在可能性中稍稍地触动一下意志,但决不能将意志的参与排除在外。这是因为,与其说他们在认识中生存，不如说他们在欲求中生存更恰当：作用与反作用就是其仅有的生活要素。这一本性常常不经意地流露出来，从日常现象和生活细节上搜集这类材料非常容易，比如，每到一个旅游胜地，他们总是写下"××到此一游"。因为这些地方既然对他们不起丝毫反应和作用，他们就用这个来表达他们对此地的反应和作用。再如，他们并不满足于只是观赏一只本地没有的罕见动物，而是要与它玩耍，刺激它，抚弄它，这些行为同样是因为作用与反作用。人类刺激意志奋起的需要，在扑克牌的发明和流传上表现得更为彻底，而这恰恰显露出人类可悲的一面。

不过大多数情形下，我们都封锁着自己，避免让自己接触到这一苦药般的认识：生命本质上就还是痛苦。痛苦并不是从外部向我们涌来，痛苦不竭的源泉恰恰是我们自己的内心。而我们却常常为这从未远离自己的痛苦找其他原因当借口，就像自由人为自己找偶像，好让自己有个主人一样。我们不知疲倦地从这一个愿望奔向另一个愿望，即便获得的满足每次都会给我们许下诸多好处，但实际情况却不是这样，多半没过多长时间就会转变成让人尴尬的错误——尽管如此，我们依然在用妲奈伊德穿底的水桶汲水，并且急急忙忙地奔向新的希望：

只要我们所追求的，一天没有到手，
对我们来说，其价值就超过一切；
不过一旦拿到手，就立刻另有所求。
总有一个渴望紧紧牵引着我们，
我们这些渴求生命的人。

全部的满足、人们所谓的幸福，不论是从其本来意义还是本质上看，都是消极的，没有一点是积极的。这种幸福并不是因为它自身本来要降福于我们，而必定永远是个愿望的满足。

由于愿望（即是缺陷）本是享受的前提条件，如果达到满足，愿望即完结，享受因而也就结束了。因此，除了从痛苦与窘困中获得解放以外，满足与获得幸福更不能是其他什么了。想要获得这种解放，首先不只种种现实的痛苦要显著，安宁的愿望也要不断受到种种纠缠、扰乱，甚至还要有让我们感到不堪生存重负的致命的空虚和无聊，想要有所行动却又这样艰难——一切打算都会面临无尽的困难与艰辛，每前进一步，就会遭遇新的阻碍。不过，即便最后克服了一切阻碍达到了目的，人们能够获得的，除了从某种痛苦或愿望中获得解放以外，即使再回到这痛苦或愿望未起之前的状态外，也不会获得其他什么了——在前面对幸福所下的结论正是基于此，所以全部的满足或者幸福又不会是持久的满足与福泽，而只是暂时从痛苦或缺陷中获得解放，之后必定又进入新的痛苦或沉闷，比如空洞的想望、无聊的状态；全部这些都能从世界的生活本质中，从艺术中，尤其是从诗中获得例证。

这样就会发现，不管是哪一部史诗或戏剧作品，只不过是在表达一种为幸福而做的苦苦挣扎、努力和斗争，绝不是在表达一种永恒的完满的幸福。戏剧的主人公，受到写作的约束，历尽万千磨难和危险而艰难达到目的，一旦目的达成，便快速落下舞台的幕布（全剧终）。显然，在达到目的以后，除了指出那一醒目的目标——主人公曾想方设法要找到幸福的目标，不过是和主人公开了一个玩笑，除了指出其在达到目标后并没有比之前的状态好多少外，就再没什么可以演出的了。真正永恒的幸福是不可能的，所以这幸福也不能成为艺术的题材。田园诗的目的虽然是为了描述这种幸福，但很明显它也不能担此重任。在诗人手中，田园诗常常不自觉地成了叙事诗——一种毫无意味的史诗：琐碎的痛苦、琐碎的欢乐、琐碎的奋斗——最普遍的情形就是如此。

为什么不能达到永久的满足，幸福为什么是消极的——考察想要弄清楚的这些问题，都已在前面阐释过了：意志就是一种毫无目标、永无止境的挣扎，而人的生命与任何的现象都是意志的客体化，意志总现象的每个部分都打上了这一永无止境的烙印，从这些部分现象一贯的形式起，从时间和空间的无限起，直至全部现象中最完善的一类——人的生命与挣扎止，全都如此虚度了。那是一种好像在梦里徘徊着的朦胧的追慕与苦难，是在一连串琐碎思虑的陪伴下经过四个年龄阶段而达到死亡。这些人就像是钟表一样的机器，只要上好了发条就能走，却不清楚为何要走。每当有人出生，就表明一个"人生的钟"上好了发条，为的是一拍连一拍、一段接一段地重新演奏那已响起过很多次、连听都不想再听的街边风琴的调子，即使其中出现变奏也不足为怪——这样，每一个个体，每一张人脸及其一辈子的经历都只是短暂的梦——无尽的自然精神的梦，永恒的生命意志的梦；不过是一幅飘忽不定的画像，任凭意志在它那无尽的画幅上随便涂抹，画在空间和时间上，让画像有个片刻的停留——同无尽的时间相比接近于零的瞬间，随即抹掉以便为新的画像腾出空间来。

但是不管是哪一个如此飘忽的画像，哪一个如此肤浅的念头，不管它怎样激烈，怎样承受深刻的痛苦，最后都一定由整个的生命意志，用害怕已久却终将面对的死，苦涩的死，来偿还。人生难以想通的一个方面就在这里；目睹一具人的尸体会让我们突然变得严肃起来，同样是出于这个道理。

单个个体的生活，假如从整体看，并仅关注大体的轮廓，所见只有悲剧；不过细察个别的情况，又会见到喜剧的因素。这是因为，一日间的蝇营狗苟和辛勤劳动，一刻间的别扭淘气，一周间的愿望和忧虑，每一时辰的差错，在经常打算戏弄人的偶然性与巧合性的润色下，都变为喜剧性的镜头。不过，那些没有实现的愿望，徒劳的挣扎，为命运残忍践踏了的希望，一生中所犯的那些错误，以及慢慢增加的痛苦和最后的死亡，就组成了悲剧的演出。如此一来，命运就好像在我们一生遭受痛苦后又特别加入了嘲笑的成分。我们的生命难以避免地注定会含有全部悲剧的创痛，但同时我们还不可以用悲剧人物的尊严来自许，而是被迫在生活的各个细节里成为那些猥琐的喜剧形象。

尽管每个人的一生都充满烦恼，使人生常常处于动荡不安的状态中，却依然没法弥补生活对填充精神的无力感，消除人生的空虚和肤浅；也没法拒绝无聊——它全心等待去填补忧虑空出的每一个间隙。因此又会出现另外一种情形：人的精神除了应对真实世界带来的忧虑、烦恼和无谓的忙碌外，还有多余时间在种种迷信的形态下创造出其他幻想世界。人会依据自己的形象来创造诸如妖魔、神灵和圣者等东西，随后往往会对这些东西定期或不定期地献祭牲畜、祈祷、修缮寺庙、许愿、朝拜、迎神，诸如此类。

这些行为往往与现实有着密切的联系，甚至还会让现实蒙上阴影。现头所发生的任何事都会被认定是那些鬼神在主导。只是与鬼神打交道就占去了人生很大一部分时间，并不断维系着新的希望，在幻觉的作用下好似要比与真人交往有趣得多。这就是人们双重需要的特征与表现：对救援和帮助的需要；对有事可做和打发时间的需要。

我们已经十分概括地考察了人生最基本的轮廓。在这个范畴内，先验论让我们坚信，从根本上说，人生已不会有真正的幸福。在本质上，人生就是一个形态繁多的痛苦、惯常不幸的状况。而假如我们现在尽量用事后证明的方式来研究具体的情况，想象一些场景并在事例中描绘那不可名状的烦恼、经验以及历史所指出的烦恼，而不去考虑人们是向什么方面看，出于什么念头进行研究，这样，我们就能在心目中更清晰地唤起这一信念了。

我们关于不可避免的、源于生命本质的痛苦所做的论证，本质上是冷静的、哲学的。每一个从青年时的幻想中清醒过来的人，假如他注意过自己和别人的经验——不论是在生活中，在当下和往昔的历史中，还是在杰出诗人的作品中——从许多方面做过观察，而且没有受到什么深刻成见的影响以致影响他的判断力，那么他或许会认识到如下的结论：人世间是一座偶然和错误的王国，在这一国度中，凡事都由它们支配，不管大事还是小事。

除了它们以外，还有愚昧和恶毒在旁挥动皮鞭，任何较美好的事物唯有突围这一条路可走，但非常艰难！高贵和明智的事物难以发挥作用或受到人们的关注；不过，思想王国中的谬论与悖理，艺术王国中的庸俗与乏味，行为王国中的得以恶毒与奸诈，事实上除了只被片刻的间歇打乱外，一直都掌握着统治权。与之相对应的是，每一种卓越的事物往往只是个例外，而且是百万分之一的概率。

而对于个人的生活，可以说每一部生活史就是一部痛苦史。从规律上来看，人的一生就是一系列不停发生的大小事故，即使人们极力隐瞒也不能掩盖这一事实。人们之所以隐瞒，是因为他们明白，别人想到这些恰恰是自己现在能够幸免的灾难的时候，必定难以产生关切和同情，而简直要说是感到满足了。但也许完全不可能有这样一种人，假如他是清醒和坦率的，会在他生命之火燃尽的时候还甘愿重复此生的经历；若是这样，他宁愿选择从来没有在这世上存在过。

天才就是静思默想的人

大部分人从一出生就成为平庸中的一员，他们的脸上有着庸俗的表情，从他们脸上能够清楚地看出：他们的认识活动完全唯他们的意志活动是瞻，二者被紧紧地捆绑在一起，以至于他们除了与意志及其目的相关的事物外，不能感知其他事情。天才的表情——这是一切禀赋很高的人都相像的地方，它来自家族遗传——相比之下就非常突出，他们的智力从为意志的服务中解脱出来，认知活动胜过了意志活动。

由于所有痛苦都产生于意志活动，而认知本身却是毫无痛苦或愉快的倾向的，因此，这让天才人物饱满的额头和清澈、直观的眼神——由于它们没有屈尊于意志及其需要——带上了一种巨大的、好似脱离了尘世的喜悦气质。有时，当这种喜悦被充分表现出来时，脸部的其他器官，尤其是嘴巴，流露出来的忧郁正好与之相配合——这种结合可由乔尔丹诺·布鲁诺在一部喜剧中的佳句恰如其分地表达出来："悲哀夹杂着愉快，愉快夹杂着悲哀。"

作为智力根源的意志反对智力从事任何与意志毫不相关的其他事情。因此，只有当智力脱离意志时——即使只是一时——它就有可能对外部世界做出纯粹客观和深刻的认识。只要智力依然受意志的束缚，它是不能靠一己之力活动的。只要意志不唤醒智力并让它行动起来，智力就会处于沉睡的状态中。如果它被意志唤醒，就会根据意志的利益对事物之间的关系做出十分精准的了解和判断。精明人就是如此，当然他们的智力必须一直处于被意志唤醒的状态，必须受到意志活动剧烈的刺激和鼓动。

不过，正因为这样，他们也就没有机会认识事物的客观本质。由于意志活动和目的打算让他们的眼光变得狭隘，他们仅仅看到事物中与意志和目的有关的一部分，对其余的部分视若无睹，其中一部分则被曲解后在人的意识中出现。例如，一个风尘仆仆的旅行者，只会把莱茵河及其河岸看作地图上浓重的一撇而已，河上的桥梁就是断开这一大撇的一条细线。而在一个头脑中满是目的和打算的人看来，这个世界就是作战计划图中一处美丽的风景。当然，这些是帮助准确理解的较为极端的例子；不过，意志轻微的兴奋和激动就会带来认识上的一些与前面例子相似的歪曲和变形。只有当智力脱离意志活动的掌控，自由面对客体，且在没有意志驱动的情形下依然处于特别活跃的状态时，世界才显示出真正的色彩和形状，所有的正确的含意。

当然，出现这种情形与智力的本质和使命相悖，因此，从某种程度上看这种情形是非正常的，也是特别稀有的。不过，天才的真实本质也正在于此，也唯有在天才身上，上述状态才能以非常高的频率出现。但对于其他人，只有在与此相似的情形下，才会偶然、例外地发生。在《美学的基础》中约翰·保罗把天才的本质定义为静思默想，我把这个定义理解为我前面阐述的意思。也就是说，普通人沉溺于纷乱、骚动的生活里，因为他们的意志，他们被这种生活所奴役，他们的头脑中充满了生活中的事物和事件，但他们却对这些事物视若无睹，甚至连生活的客观含义都没法领会。这就好比在阿姆斯特丹交易所内的一个商人，旁边的人说话他都听得到，但整个交易所发出的好似大海的轰鸣、连续不断的嗡嗡声他却听不见，而这种声音却让远观者非常惊讶。

相形之下，天才的智力和自己的意志，也就是和自己的个人是处在分离状态的；许多相关的事情并未掩盖这世界和事物本身的本来面目。相反，天才对这些事物有着非常清晰的意识，并且，在这些事物的客观表象中能发现和认识这些事物原本的样子。从这种意义上讲，天才就是静思默想的人。

正是因为这种静思默想，画家才能把他看见的大自然忠实地在画布之上再现出来。文学家则运用抽象的概念，精准地重新召唤出直观所见，把普通人只能感知的一切用语言表达出来，进而引入听众抑或读者的意识里面。动物毫无与人类相似的静思默想行为。它们具有意识，也就是说，它们能认出自己及其能感受到的苦与乐，以及引起自身苦与乐的东西。不过，动物的认识向来都是主观的，永远都不会客观，在它们的认知中所发生的一切都是天经地义的，所以它们所了解的东西永远都不可能成为用于描绘、表现的题材，也不会成为需要思考解决的难题。

动物的意识绝对是形而下的。尽管常人与动物的意识并不是同一类，但从本质上讲却有些近似，由于在常人对事物和世界的认识中主观是最主要的，形而下的成分获得了优势地位。常人仅仅对这一世界的事物有所察觉，而不是这一世界本身；他们只是意识到自己在做每件事情的过程中承受的痛苦，而并非自身。随着他们的意识愈来愈清晰，静思默想也就表现得愈来愈显著了。那么，这样的情况就会渐渐出现：有时——尽管只是极少数情况，而且，这种清晰认识的程度也有很大的差别——这类问题就像闪电一样在人的头脑中闪现："这一切究竟是什么？"或者，"这一切到底是怎样的？"倘若对第一个问题的认识达到了一定的清晰度，而且连续不断出现在脑海里，一个哲学家就这样诞生了；同样，第二个问题造就出了文学家或者艺术家。因此，这两个高尚的使命都源于静思默想，而人们对这一世界和自身的清晰认识是这种静思默想气质的第一来源，他们因此可以对这些事情进行静思和回顾。不过，整个过程得以发生都是由于智力有了相当的优势，它可以暂时摆脱原来为之服务的意志的控制。

每个伟大的人物都看似平凡

很多人都期望通过自己的良好意志获得成功，然而，这不可能真的如愿，因为这一意志仅是引向个人的一个目的，而一旦烙上个人目的的印记，诗歌、艺术或哲学就永远不能受到真正严肃认真的对待。所以，用"自己挡住自己的光线"这句话来形容这种人非常恰当。他们不会意识到只有当智力脱离了意志及其所有控制，能够自由活动时，我们才能真正进行创作，因为此时，我们才会产生真正的关切。这对那些粗制滥造者而言是一件好事，否则他们就得自杀了。在道德范畴内，良好、善良的意志即是一切；但在艺术上，它则一无是处。正如"艺术"（kunst，指艺术、技艺、能力）这词早已表明的，能力才是唯一重要的东西。

问题说到底在于一个人真正关切的到底是什么。几乎对每个人而言，他们真正关心的只有自身以及整个家庭的安逸。因此，他们能做的一切也就是努力实现这一目的。因为决心、人为和具有目的性的努力都不能赋予、补足，或者更准确地说，借给他们一种真正意义上的、诚挚的关切。这是由于我们的关切之处总是由大自然做出安排，且保持不变。如果这种关切面临缺少的情况，人们做任何事情都只会敷衍了事。同理，天才往往都很少对自身的安逸多加注意。就像一个铅造的摇摆物总是由于重心所限停在它该停的位置，同样，一个人的智力总会驻守在他自己真心关切的地方。

所以，只有那些真正关心的并非个人与实际的事务，而是客观的与理论性的东西的人——他们是为数不多的非一般人物，才能认识到事物和这一世界的本质性的东西，即至高的真理，并且以他们独有的方式把这一认识再现出来。如此对处于自身以外的客体抱有热切关注，对人的本性来说是陌生的、非自然的和真正超自然的。当然也正因为这样，这种人才配得上伟大的名号。人们认为控制和引导天才们的"精灵"是他们创造出来的东西的主要成因。对天才们而言，他们创作的画作、诗歌抑或思想作品就是目的；但对粗制滥造者来说，这些只不过是手段罢了。

后者通过这些手段寻找自己的利益，一般而言他们也懂得怎样谋取自己的利益，因为他们紧随同时代的大众，时刻准备着为同时代人变幻不定、反复无常的需要效力。因此，这些人的生活境况通常都不错，但天才却往往遭遇悲惨的境况——这是因为天才以牺牲个人的安乐为代价来实现客观的目标。天才这样做也是迫不得已，因为客观目标才是他关切的真正所在。对粗制滥造者来说，如此做法在他们身上永远不会发生，因此，他们是渺小的，而天才则是伟大的。天才的作品是留给全部时代的一笔财富，但这些作品往往只在后世才开始得到承认。前一种人则与他们的时代生死与共。总之，唯有那些通过自己的劳动——不论是实际性的工作抑或理论性的作品——追求纯粹客观目的而并非谋取个人利益的人，才是伟大的。

即使在日常生活中人们误解了这一目的，即使这一目的因此变成一种过错或者罪行，他依然是伟大的。他并没有谋取自身的利益——仅凭这一点，不管在什么情况下都能用伟大来形容他。相比之下，一切指向个人利益的行为和努力都是渺小的，因为受这种目的驱使而活动的人只在弱小的和转瞬即逝的自身发现自己。而能够在每一种事物，也就是在全部事物中都认出自身的人就是伟大的，他们与其他只活在微观宇宙里的人不同，他们活在宏观宇宙里。

为此，事物的整体与他息息相关，而在认识事物的过程中他也试图领会和理解这一整体，以便将其表现出来，或者对这一整体做出相关解释，又或者在实际中对这一整体施予影响。这是因为他对这一整体非常熟悉，他能感觉到自己与这一整体密切相关。由于他在自身以外扩大了认识的范围，我们才将其称为伟大。这一崇高的称号只属于那些真正的英雄和天才，不管在什么意义上，他们都当之无愧。他们与一般人具有的人类本性不同，并未追求自己个人的利益；他们并非为了自己，而是为了所有人而活。不过，即便大部分人永远都是渺小不堪，无法成为伟大，但反过来说法却并不成立，也就是说，一个人的伟大是完全的伟大，每时每刻都是如此伟大：

由于人是用泥土做成，
习惯是他的乳娘。

——席勒《华伦斯坦之死》

所以说，在很长一段时间里，每个伟大的人物看似只是一个平凡的人，他们只看到自己，而这就意味着渺小。"没有人在自己的贴身仆人面前是一个英雄"正是基于这一道理，它并不是说这个仆人不知道欣赏这个英雄。歌德在《亲和力》中把这一道理作为奥蒂莉出乎意料的思想表达了出来。

人们总是固执地坚持自己的错误

如果我们对某一事情有了坚定的看法，对于同样事情的新看法和意见就会被我们拒绝和否定——这是非常自然的。因为这些不同的意见对我们已经形成的整套自成一体的信念是一种阻碍，扰乱了我们从自身的看法中获取的宁静；新的观点还要求我们重新思考，并且宣布自己在之前所做的思考和努力只不过是竹篮打水。由此可知，纠正我们错误的真理就好比苦口良药，而且，像苦药一般，服用时不会立刻就显现其疗效，只有过了一定的时间以后才会发挥出效果。

因此，我们看到个人固执地坚持自己的错误，大众尤其如此：对他们既定的看法，即便穷千百年的经验和教诲也发挥不了多大的作用。所以，某些受到人们普遍喜爱并被深信不疑的错误看法就这样每天通过数以百万计张嘴不断地重复。我收集了一些这样的错误看法，希望读者能做更多的补充：

1
自杀是胆小懦弱的行为。

2
不信任别人的人证明他自己就是不诚实的。

3
有着卓越功勋的人和那些思想的天才,其自谦是来自内心的。

4
疯癫之人是最不幸的。

5
哲学是无法学习的,但却可以学会研究哲学——而事实真相却正好与此相反。

6
创作优秀的喜剧要比创作优秀的悲剧难。

7
懂得一点点哲学会让人不相信上帝,懂得很多哲学却会让人信奉上帝(这个人云亦云的说法是培根首先提出来的)——是吗?真是这样吗?

8
英文"Knowledge is power"("知识就是力量")——完全

是混账的鬼话！一个人可以知识渊博，但却不会因此就能拥有丁点儿力量（或权力）；另一个人非常有力量（或权力），却不会因此就一定知识渊博。因此，希里多德正确地表达了与这相反的说法："最痛苦的事莫过于懂得很多，但对事情却无能为力。"有时，一个人的所知会让他拥有对付别人的力量，例如，他知道他人的隐私或他人不知他的底细，诸如此类。但这依然不能充分证实"知识就是力量"这一说法是正确的。

许多人还没有对这些说法做一番深思就彼此鹦鹉学舌，因为这些说法乍一听起来好似很有道理。

当我们旅行时就能感觉到大众的思维方式是如此的生硬、如此的僵化，和他们打交道非常困难。这是因为倘若谁要是有幸与书为伴的时间比与人为伴的时间更长，那他就会认为知识、思想的交流很轻松、很容易，相互心灵间的传达、回应很迅速。如此，他就很容易忘记其实在现实的世俗人群当中的情形全然是另外一个样子。最后，这个人甚至会认为他得到的每个深刻见解马上就会成为全人类共同的财产。实际上，我们只需要坐火车旅行一日就会发现：不论我们在哪里，人们固守的一些谬见、歪论，他们的生活方式、风俗习惯以及衣着样式可以历经数个世纪，这个地方与我们前一天到过的地方有很大的不同。人们所操的方言也是这种情形。由此，我们就能得出这样的判断：书本与大众之间存在巨大的鸿沟，被认可的真理迈向大众的脚步是缓慢的——尽管这些脚步都是确实和肯定的。因此，就其传递的速度，除了智力之光，没有什么更难同自然之光相比的了。

所有这些因素让我们得到这样一个结论：大众很少思考事情，在这方面的时间和练习都是非常少。然而，即便大众或许会长时间抱住错误不放，相比之下，大众却和学术界不同，学术界就像是每天改变言论风向的风信鸡。这可以说是一件很幸运的事了。否则，只要想想那人多势众的庞大群体将迅速变换运动就非常吓人了，尤其是当我们考虑到：大众如果转换其行进的路线，一切就会被推翻、一切都将被卷走。

庸人缺的是判断力和自己的思想

对知识的渴求，倘若目标瞄准的是事物普遍的原理，就可以称之为求知欲；倘若渴求知道的东西是单个的、零星之物，那就应该被称为"好奇"。小男孩多数会表现出求知欲，而小女孩则只表现出对个别事情的好奇；小女孩在这方面的好奇心能达到惊人的程度，而与此相伴的天真、无邪却总是让人感到厌烦。女性的这种不去感知普遍原理、只关注个别事物的特性在这一例子中已经显现出来。

一副结构良好并因此具有细腻判断力的头脑具有两大长处。其一就是在其看到过的、阅读过和经历过的所有事物当中，只有最重要的、最有意味的东西才能吸引这种头脑，并自然而然地留在记忆之中。将来若有需要的话，这些东西就会招之即来，而其他一些无足轻重的则不要留下。这种人的记忆就像细密的筛子：剩下来的都是大块的东西；而另外一些人的记忆就像是粗眼的筛子：除了那些偶然的零星之物以外，其他一切都被漏掉了。有这种头脑的人的另一个长处与上述长处有着一定的关系，也就是：凡是与某一事物或问题性质相同、相类似的，或有着某种相关联的东西——无论这些东西相距多么遥远——都会在这脑海中适时地出现。这是因为这种人抓住了事物的本质。

这样，即使各种事物彼此之间的差别很大，甚至会截然不同，他们依然一眼就能认出这些事物的同一原理和事物间的关联。

智力是以其强度（或深度）著称的，而并非以其广度。正因为这样，在这方面，一个人可以大胆地和一万个人去较量一番；即便是一千个傻瓜凑在一起也变不成一个聪明、理智的人。

充斥这个世界的那些平庸、可怜的人真正缺乏的就是两种彼此关系紧密的能力，即判断力与拥有自己的思想。庸人在这两方面的缺乏程度，那些不属于此类的人难以想象，也正因为如此，后一种人很难明确意识到前一种人的生存是如何贫乏和可怜，以及"愚蠢的人所饱尝的苦闷和厌倦"。而这两种思想能力的缺乏正是对那些在各国泛滥、被同一时代人称作"文学"的作品，它们的质量却十分低劣，而真正的作品在面世时却常常遭受到厄运的十分合理的解释。所有真正的文学和思想作品都想在某种程度上让渺小的头脑与伟大的思想形成共鸣，这就难怪这种努力不会马上获得成功了。作者是否能给予读者满足，关键就在于作者和读者在思维方式上能不能形成共鸣。这种共鸣越完美，读者感受到的满足就会越大。因此，具有伟大思想的作者也只能被拥有非一般思想的读者所完全欣赏。这正是平庸、拙劣的作者让有思想的人感到反感、厌恶的原因。甚至和大部分人的交谈也会出现这样的情况。真的就是无处不在的能力不足和不相协调。

既然讲到了这个话题，在此一并提醒大家：我们不应该只因为某一新奇与或许是真实的话或思想出于某本劣书或是某一个傻瓜的嘴巴就贬低它的价值。这只是因为那本劣书窃取了这一思想，而傻瓜只会随声附和——当然，这个事实会被隐藏起来。此外，有句西班牙谚语也这样说："傻瓜了解自己的家甚于聪明人了解别人的屋子。"同理，对自己熟悉的领域每个人都比别人更加了解。最后，就像大家知道的，即便一只瞎眼的母鸡也会找到一小粒玉米，甚至连"没有思想精神之人其内在是一个谜"这句话也是对的。因此，"就是园丁也常做出惊人之语"。

这样的事情也是有的：在很久以前我们曾听到过一个非常普通、没有受过教育的人说的一句话，或是讲述的某一经历，对此我们很长时间都无法忘记。不过，我们会因为这些东西出自没有受过教育者之口就低估它们的价值，或将它们视为早已为人知晓的。那样，我们现在就应该问问自己：在相隔这么长的时间里我们是不是再一次听过或是读过这些东西？如果答案是否定的，那我们就应该敬重它们。我们总不会因为钻石是在粪堆里找到的就不珍视它吧。

经过深思熟虑的东西才是我们的真知

即便是藏书最为丰富的图书馆，倘若里面的书籍胡乱摆放，那么它的实际用处还不如一个收藏不多却整理得井然有序的小图书室。同理，倘若大量的知识没有经过自己细心的思考加工，那么它的价值也远远低于数量较少却经过大脑反复思考的知识。这是因为，只有将每一个真实的知识进行比较，并把我们所知的东西从每个角度和方面去融会贯通以后，才算是我们彻底掌握了这些知识，它们也才能完全地为我们所用。我们需要深思自己所知的东西——这样才能真正学到一些道理；也就是说，唯有经过深思熟虑的东西才是我们的真知。

然而，即便我们能够任意安排自己的阅读和学习，却不能任意安排自己的思考，就像是火的燃烧需要在通风的情况下才能进行一样。同理，我们的思考活动必定能让我们对思考对象产生兴趣、激发情感。当然这种兴趣可以是纯客观的，也可以是出于主体的利益。只有当涉及个人事务时，人们才能感受到这种因为主体因素而产生的兴趣；而对事物产生客观的兴趣则只是本质上喜爱思考的人的事情——大自然赋予他们喜爱思考的头脑，对于他们而言，思考就像呼吸一样自然。只可惜这样的人非常稀少。所以，大部分人很少对事物产生客观的兴趣。

独立、自主的思考和阅读书籍对我们在精神思想上产生的效果是完全不同的。有时，其差别之大是不能预料，甚至难以置信的。因此，这种不同的效果让那些在精神能力方面原本就有差别的人差距拉得更大了。因为根据不同的思想能力，人们大都倾向于独立思考或阅读别人的思想。也就是说，阅读强行给我们带来了一种与我们之前的精神情绪和思想倾向完全不同的、陌生的思想，两者的不同就像图章和火漆——图章要强行在火漆上留下印痕。如此一来，我们的头脑精神就会在一种来自外在的压力下去思考，接着又要琢磨这一道理——而我们在进行这样或那样的思考活动时，是毫无欲望和情绪的。与之相比，当我们自主思考时，我们只是遵从自己的兴致，而这种瞬间的兴致却是受外在的环境或我们头脑中的某一份记忆所限定的。换句话说，我们所见的外在环境并不是像阅读时那样，将某一确定的见解强行加入我们的头脑，它只为我们提供同当时我们的思考能力相称的素材和机会。因此，阅读得太多会让我们的精神丧失弹性，就像将一个重物长时间地压在一根弹簧上，那么这根弹簧就会丧失弹性；而确保没有自己思想的最稳妥的办法，就是在空闲的每一分钟，随时拿起一本书来读。这种习惯能够解释为什么死记硬背的书呆子最后往往变得头脑简单和愚蠢，而他们的文字写作也没有得到更进一步的提高。就像蒲柏所说的，这些人只是一味地阅读别人，却从未被别人阅读。

书呆子就是阅读书本的人，但是思想家、天才，以及照亮整个世界并推动人类进步的人所阅读的却是世事、人生这样一本大书。

总之，自己的根本思想产生是真理和生命力的基础：因为我们真正、完全了解的是我们的思想。我们阅读的别人的思想只是他们留下的残羹冷炙，是陌生人脱下来的衣服。

通过阅读所获得的思想永远是属于别人的，与自己的思想相比，就像史前时代的植物化石与在春天怒放的植物一样。

阅读不过是我们思考的替代品。阅读时，我们的思想往往是被别人牵引着的。除此以外，大部分书本的用途只是为我们指明错误的道路竟然如此之多，一旦我们放任自己的思想，就会拐入不可预想的迷途。而听从自己守护神的指引，知道自主、独立、正确思考的人，却牢牢地掌握着可以找到正确方向的罗盘。所以，我们最好在自己的思想源泉出现干枯时再进行阅读——而这种思想干枯，对于那些头脑思想优秀的人而言，也是非常平常的。而将自己的、最原始的思想赶走和消除的目的，只不过是为了阅读随手翻开的一本书——这样做就像是为了察看植物标本或者欣赏铜刻的大自然而刻意回避真实的、一望无际的大自然。

虽然有时我们可以轻而易举地在一本书中找到自己原本需要艰辛、缓慢的思考才能发现的某一见解或真理，但是，通过自己思考后所得到的见解或真理却更有价值。这是因为只有自己思考后的见解或真理才会真正地融入我们的思想体系中，成为整体中的一个重要组成部分和某一活的肢节，从而与我们总体的思想完美联系在一起；我们才能了解其根据和结果，而这种见解或真理也就带上了我们自己思维模式的色彩、色调；当我们需要它时，这一认识就会呼之即来，为我们所用。因此，这种见解或真理是有扎实的基础的，而且不会消失。由此，我之前提到的歌德的那两句诗在这里可以完全适用，并得到合理的阐释：

我们只有流下热汗，
才可以重新拥有先父们留下的遗产。

也就是说，那些独立、自行思考的人，只有在以后才能了解并赞同自己看法的权威，而那些权威的看法也只是确认了他的见解，并增强了他的自信心。与之相比，那些书本哲学家常常是从权威的看法出发，将阅读后得到的别人的见解、看法综合成一个整体。这种经过东拼西凑形成的思想体系就像由一些陌生、奇特、怪异的零部件构成的机器人，但是独立、自行的思想整体却好像一个活生生的人。出现这种情形的原因是，独立、自行的思想就是以活人诞生的类似方式产生的：思考的头脑接受了外在世界的播种，思想的果实也就跟着生成了。

二

美是神的赐予，不要轻易抛掷

纯粹的经验不能取代思考

纯粹的经验与阅读一样，不能取代思考。纯粹的经验与思考的关系就像进食与消化吸收。当经验吹嘘只有通过自己的发现才能够促使人类知识的发展时，那么无异于嘴巴吹嘘说："整个身体的生存都是嘴巴的功劳。"

真正意义上的思想作品与其他泛泛的作品的差别在于，前者具有断然、确切的特质，并连带由此得到清晰、明了。这是因为有思想的人肯定会清楚、明确地知道自己想要表述什么——当然，表述的方式可以是散文、诗歌、音乐。不过，思想平庸的人所缺少的正是这种干脆、果断、清楚和明晰。只从这方面，我们就可以将这两种不同思想的人轻松地区别开。

真正的思想家具有一种特殊的标记，那就是他们在做出判断时所表现出的直截了当、绝不含糊。他们要表达的所有东西都是经过自己思考的，甚至连他们表达自己见解的方式也能够显示出这一点。因此，在思想的王国里这些思想家具有一种王者般直截了当的特点；而其他人则是迂回曲折、顾左右而言他——我们可以从他们那种缺少自我特色的表达风格上看出这一点。

因此我们可以说，真正独立、自主思考的思想家与王国中的王侯没有差别：他在表达上单刀直入，从不躲闪、畏惧；他在判断上如同君王签发的命令，不只发自自身充足的力量，而且一样是直截了当的。这是因为，这样的思想家从来都不会乖乖地采纳那些所谓权威的看法，就像君王从不接受命令一样；相反，他只承认经过自己证实了的东西。而那些思维平庸的人，因为他们的头脑受制于各种流行观念、权威说法以及世俗偏见，他们同那些只会默默服从法律、遵守秩序的普罗大众没什么区别。

那些急切、慌忙拿出某些权威说法来决定有争议问题的人，在搬来别人的理论、思想见解作为自己的救兵时，显得特别得意，因为他们根本无法依靠自己的行动观察和理解，这些也正是他们所缺少的东西。这种人在社会上的数目也非常惊人。就像塞尼加说的那样，"每个人宁愿相信更甚于判断"。因此，每遇到有争议的问题，权威的说法就成了他们用以击败对方的武器。假如有人卷入这一类辩论之中，那么他一定不要运用实践和理论论证来捍卫自己的观点。因为对待这样的武器，对手可是潜入无法思维和判断洪水里的带角的西格弗里德。因此，只能把这些人认为权威的说法搬出来，作为有效的论证，之后，大声喊："我们赢了！"

现实的生活尽管有时是那样的怡人、甜蜜、惬意，但是我们却常常生活在一种自找排斥的沉郁气氛之下，但在思想生活中，我们却成了一个个没有皮囊的精灵，既没了重担也没了苦难。因此，一个奇妙、丰富的思想头脑会在一种神奇的时刻寻找到自身的幸福，这个世界上任何幸福都无法与之相比。

大脑中的思想就像是我们的爱人一样：我们都认为自己一生也不会忘记这一思想，我们的爱人也一生都会爱自己，永远不会变心；但是眼不见，心不想。最精湛的思想如果不是我们用笔把它记下来的话，也许从此就会彻底遗忘，没法挽回了。

人们有时能够酝酿出很多对自己有很大价值的思想和理论，但是在这里面却只有很少的思想具有能力经由共鸣或者反射而照常产生效果，意思就是，只有很少的思想与理论在写下来以后依然能够引起大家的注意。

不论是白天还是黑夜，我们都需要随时竖起耳朵，不自觉地通知自己猎物或者追捕者的到来。

历史的价值就是让人和人性联成一体

历史对于人类就好像理性机能对于个人一样。意思是说，正是得益于人类的理性机能，人类才不会像动物那样只局限于狭窄而又直观所见的现在，而是在此基础上又认识到了大大扩张了范围的过去——它既与现在相连接，也是形成现在的理由所在。人类也只有经过这种方式才能真正明白现在本身，甚至是推论将来。

对于动物来说，因为它们欠缺反省与回顾的认识能力，就只能局限于直观所见，即局限于现在。因此，动物与人们在一起就是头脑简单的、浑浑噩噩的、无知的、无助的、听天由命的，即使驯服了的动物也是这样。

与这种情况相似的是一个民族不认识自己过去的历史、只局限于当前这一代人所处的现在。这样的民族对于自己本身及现在所处的时代都不能正确地理解，因为他们无法将现在和过去联系在一起，并利用过去来解释现在，于是他们也就更加不能预测将来。一个民族只有通过认识历史才能对自己的民族有一个完整的认识。所以，历史就能被称作人类的理性自我意识；历史对于人类就相当于以理性机能作为条件的协调统一、回顾反省的意识作用于个人。动物就因为缺少这统一、反省的意识而囿于现在。因此，历史中存在的每一个空缺就好像一个人的反省这种自我意识中的空缺。

我们在面对古代的纪念物时，比如古庙、金字塔、尤卡坦半岛的旧宫殿等，假如没有了解这些古物内涵，那么我们就会茫然没有头绪，就像是听人使唤、被人奴役的动物一样；或者，就像对着自己曾经写下的暗号，但现在忘了它代表的是什么。这种现象就好像一个梦游者早上醒来时想到自己梦游时所做出的事情是那么不可思议一样。

从这一意义上讲，历史又可以看作人类的理性或反省意识；它代表了全人类所直接共有的一种自我意识，在这种历史的作用下，我们人类和人性才真正联系成了一个整体。这就是历史所存在的真正价值。

由此，人类对历史所共有的、压倒性的兴趣就在于历史是人类对自己的关注。语言对于个人的理性（语言是运用理性不可或缺的条件）来说，就相当于文字在这里已经指出了整个人类的理性。因为只有文字出现以后，整个人类的理性才得以真正的存在，情形就好像只有在有了语言以后个人的理性才会存在一样。

意思是说，文字把那些被死亡频频中断并因此而变得支离破碎的人类意识恢复成一体。于是，远祖那里所产生的思想就可以交由后代子孙继续思考和完成。人类及其意识的整体被分裂成了不计其数而又转瞬即逝的个体，于是文字对此做出了补救，并对抗着不可遏制地匆匆消逝、总是被人遗忘的时间。石头文物有如书写文字，亦可被视为人们所做出的补救努力，何况不少石头文物比书写的文字还要古老。那些动用了不计其数的人力、物力，费时良久才建造出来的金字塔、墓穴、巨雕、石塔、庙宇、城楼——面对这些浩大的人类成就，谁又能想到那些发起建筑这些杰作的人，眼里只顾盯着他们自己尤其短暂的一生？

我们要知道，这些发起人在其有生之年都看不到这些建筑物的竣工。或者，谁又会料到他们这样做真的只是为了排场、炫耀而已？真的相信这被那些粗俗愚昧的大众硬逼着说出来的借口？

显然，这些人的真正意图就是向相隔甚远的后代传话，与这些后代建立联系，从而统一人类的意识。印度、埃及、希腊和罗马遗留下来的建筑物都是为了能保存数千年而精心设计的，因为这些古人有着更高级的文明，因此他们有着更宽更广的视线范围。

相比之下，中世纪和近代的建筑物却只是计划保留数个世纪而已。这也是因为文字已经普遍使用，尤其是印刷技术发明以后，留下文字更让人们放心了。然而，即便是近代建筑，我们也不难从中看到那种想要传话给后世的冲动。

所以，破坏或者损毁这些建筑物来用于低级、实用服务的目的就是可耻的行径。文字纪念物和石头纪念物相比，它并不怎么惧怕大自然的风雨侵蚀，担忧的却是人的野蛮、破坏行径，因为人的这种行为能够发挥更大的负面威力。埃及人打算把这两种纪念物结合为一体，于是他们在石头建造物上面添加了象形文字，甚至还补充了一些图画——以防在未来的日子，无人能再理解那些象形文字所要传达的意义。

美 是 清 晰 可 见 的

我们在青少年时代所获得的印象都充满着意义，在生命旅程的黎明阶段，呈现于我们眼前的事物，都是表现理念性的一类东西，且被做了惊人的美化。这是因为，最初的印象让我们首次了解到这一个别事物的种类，且新奇无比。因此，在我们看来，每一个别事物就代表着它这一类的事物。我们从中把握了这一类事物的柏拉图式的理念，而对于美的理解，这一理念尤为重要。

毫无疑问，"美"（schon）这个词与英文"to show"（展现）同源且相关联，因此，"showy"就有着耀眼夺目之意，"what shows well"则是"很好地展现出来"。因而，美就是清晰可见，被直接观照的，这样就是清晰显现了含义丰富的柏拉图式的理念。

从根本上说，"美丽如画"（malerisch）一词的含义同"schon"（美丽）一词相同，因为前者形容那种既展示自身，也将种类的理念清晰呈现出来的事物。这个词用来形容画家（Maler）的表现手法再适合不过，因为画家惯于表现和突出理念，而审美中的客体部分就是由理念构成的。

人体的美丽与优雅相结合，就是最高级别的意志的客体化的清晰呈现；正是因此，造型艺术所能达到的最高成就不外乎就是展现人体的美丽与优雅的完美结合。

就像我在《意志和表象的世界》中所说的，大自然之物都是美的，所以每一种动物也是美的。假如在某些动物身上这种美并不十分突出，原因就是我们没有从一种纯粹客观的角度对其进行观照，即把握其理念的状态；我们常因一些不可避免的联想而脱离这一客观的状态。

大多情况下，这是一种让我们被迫接受的某一相似之处所造成的，比如人同猴子间的相似之处。由此我们就不能明确猴子这一动物的理念，而只见某种人的歪曲形象。癞蛤蟆同污泥、泥浆的相似处也带来了一样的效果。

即便如此，依然难以解释为何有些人在看到这些动物时会感到厌恶、恐惧，一些人看到蜘蛛甚至也会产生这样的感受。原因好像是更深层次的某种形而上的、神秘的联系。这样的一个事实好像可以用来证明我的这一说法：这些动物往往被用作意念治疗，所以带着某种魔法目的。

比如将蜘蛛藏在坚果壳里，由病人将其挂在脖子上，直到它死去。这一做法据说可以驱除热病；或者，在遭遇大到足以致命的危险时，将一只癞蛤蟆放在密封的容器中，里面装满病人的尿液，在正午时钟刚好敲响十二下时，将容器埋在屋子的地窖中。

然而，这种把动物慢慢折磨至死的行为是需要向永恒坚定的正义赎罪的。这再一次说明了人们为什么会有这样的想法：谁如果练就了巫术与魔法，那他就是和邪魔签订了契约。

美 是 神 的 赐 予，
不 要 轻 易 抛 掷

柏拉图把人分成两类，分别是性格随和的人与脾气别扭的人。他指出关于快乐与痛苦的印象，不同的人会有不同程度的受容性，因此即便经历一样的事情，有些人痛苦绝望，有些人却一笑而过。或许是因为对痛苦的印象的受容性越强的人对快乐的印象的受容性就越弱，反之亦然。任何事情的结果不是好就是坏。总是担忧、烦恼着事情可能转坏，所以即便是好的结果来了，他们也无法快活起来。

另一方面，是不担心结果的人，倘若是好的结果，他们就非常快乐。

这就像是两个人，其中一人的十次事业即便成功了九次，但仍然不快乐，就因为那一次的失败而懊恼不已；另外那个人即使只成功了一次，但他却在这次成功里获得了安慰和乐趣。不过，凡事有利就有弊，有弊也必定有利，阴悒并个性忧郁的人所遭受和必须克服的艰难困苦大多是自己想象出来的，快乐而没心没肺的人所遭受的困苦全是确确实实的。所以凡事往坏处想的人不会轻易受到失望的打击，而凡事只看阳光一面的人却常常无法如愿。

内心本就忧郁的人如果患上精神病或消化器官损伤症，就有可能会因为长期的身体不适让忧郁变成对生命的厌倦。即使是一些小小的不顺心也会让他走上自杀的道路，更加糟糕的是，即便没有发生特别事件一样会自杀。这种人因为长久的不幸福而想自杀，而且会冷静又坚定地执行自己的决定。

倘若我们观察到一个这样的受苦者，他厌倦生命到了极致时，确实能够发现他没有丝毫的战栗、挣扎和畏缩，只是焦急地待他人疏忽之时，马上采取自杀行动，自杀差不多便成了最自然、最受欢迎的解脱工具。即便是世上最健康最快乐的人也可能会自杀，只要他对外在的困难和不能避免的厄运的恐惧大于他对死亡的恐惧，就自然会选择自杀。

对于快乐的人，只有在遭受极度的苦难时才会不得不选择自杀以寻求解脱。对本就悒郁的人来说，只要小小的苦难就会让他自杀。二者的差别就在于受苦的程度不同。越是悒郁的人所需要的程度越低，甚至低至零度。但一个健康又快乐的人，不是高度的苦难不足以让他自杀。

内在病态悒郁情绪的加强可以导致人的自杀，外在巨大的苦难一样也会让人自杀，在纯粹内在到纯粹外在的起因的两个极端之间，确实仍有不同的程度。

美也是健康的表现之一。即便美只是个人的一个优点，不能与幸福构成直接的关系,但它间接地给了别人一种幸福的印象。因此美对于男人而言,一样也有它的重要性。可以说美是一封打开了的介绍信,让一切看到这封信的人对持信人都会产生好感,欢喜心自然而生。荷马说得好:美是神的赐予,不要轻易抛掷。

音乐是人人都懂的语言

我们可以把音乐视为真正最普遍且人人都懂的语言,因此,人们处在世界各地、上下几千年都无比热切、专心地运用这门独特的语言,从未间断。一曲回味无穷的旋律很快就不胫而走,传遍世界的每一个角落;相比而言,一段空洞而无物的旋律要不了多久就自然地销声匿迹了。这一事实说明旋律是很容易为人们所理解的。不过,音乐本身却不是一种写景状物的手段,只是用来传达内心哀乐之情的最佳工具,而喜怒哀乐对于人的意志来说却是唯一的现实。音乐会向我们的心尽情地倾诉,但是却从来不直接向我们的大脑讲述任何东西。如果我们期望音乐做到后者,就好像人们在所有的描绘性音乐中所期望的那样,那纯粹就是对音乐的滥用。这样的音乐因此就该被彻底地摒弃。即使海顿和贝多芬这两位大音乐家也曾一度误入这一迷途,不过据我的了解,莫扎特以及罗西尼却没有这样做。这是因为传情是其中一回事,而状物则是另外一回事了。

另外,这种普遍语言的语法规则被人们整理得非常精细,尽管这已经是拉莫为此奠定了基础以后的事情了。相比而言,在破解这种语言的词汇——我所指的是,依据前面所述,语法内容所传达出的不容置疑及重要的含意——方面,也就是说,让理智可以准确把握音乐在旋律和声中所要表达的内容——就算只是笼统地——这一工作在我着手之前,还未曾有人严肃、认真地去尝试着下一番功夫。这就和其他许多事情一样,充分说明人们普遍都不喜欢去思考、琢磨事情;他们每天就这样在不知不觉中浪费生命。人们活着的目的,无一不是尽情地去追求快活和享受,并且尽可能地不去动脑思考。这是由他们的本性使然。因此,当看到他们硬着头皮去扮演哲学家的角色,那真是让人忍俊不禁,就好像大家所见的那些哲学教授,和他们的杰出作品以及他们所表现出来的对哲学与真理的真挚热情。

如果用普遍和通俗的说法,那么我们可以斗胆地这样说:音乐就是旋律,而我们生存的这个世界,就是为这一旋律谱上的歌词。不过,若要完全理解这句话的含意,那么读者首先就要弄懂我对音乐的解释。

音乐艺术以及人们常常加之于这一艺术的一些具体外在的东西,比如:歌词、舞蹈、活动以及游行和宗教的,或者是世俗的庆典等,二者之间的关系与纯粹的优美建筑相类似,也就是说,那些出自纯粹美学目的的艺术,与人们被动兴建起来的实用建筑物之间的关系:在建造那些实用建筑物时,人们必须争取要把这些建筑物的实用目的——这些建造目的与建筑艺术本身之间毫不相干——与建筑艺术所特有的目的相结合;建筑艺术在这里只是利用实用目的所强加的条件来实现自己的最终目的。所以,我们就会建造出庙宇、宫殿、剧院以及军械库等:这些建造物自身已经很美,同时又与其实际用途相称,甚至又通过建造物所拥有的美学特性把这些建造物的目的非常浅显明白地表现出来。因此，音乐与歌词或是其他附加于音乐本身的现实东西，同样也是处于类似仆从关系的，尽管它并不像建筑艺术那样难以避免。音乐作为歌词的附属品，它必须迁就、顺从歌词，尽管音乐并不需要歌词的一点儿帮助；实际上，如果没有歌词，音乐反而更能随心所欲地活动，因为音乐不只要让自身的每一个音符与歌词中的字词长度和含义相吻合，而且必须与歌词自始至终都保持着某种一致。这样，音乐也就不得不背负加在它身上的且相当随意的某种目的和特征，因此音乐便成了教堂音乐、歌剧音乐以及舞蹈音乐和军乐等。所有这些目的和用途都与音乐自身的本质不相干，就像纯粹美学中的建筑艺术和人的实用目的之间是风马牛不相及的道理一样。音乐和建筑不得不顺从人们的实用目的，让自身的目的无条件地屈从于那些与自身毫不相干的目的。这些对于建筑艺术来说几乎总是难以避免的，但是音乐却与它不同：它在奏鸣曲、协奏曲，特别是交响乐曲里发挥自如——这最后者就是它的最好游戏场所，在这里，音乐大可以尽情地狂欢。

人与命运的搏斗是悲剧的最普遍主题

作为一个演员,他的任务就是表现人性的每一个不同侧面——它们存在于无数个极为不同的性格当中,因此演员必须是在自己既定的且永远不会磨灭的人性这一点共同的基础上去完成这一任务。也正因为此,演员自身必定是一个有才能且全面的人性标本;他必然是那种没有人性缺陷和人性萎缩的人——这样的人,用哈姆莱特的话说,不像是大自然的作品,而只是出自"大自然的帮工"之手。不过,一个演员在剧中所扮演的角色越是接近这个演员自身的个性,他就越能更加出色地刻画这一角色。在众多的角色当中,他演得最好的就是与他自身个性相吻合的那一个角色。因此说,即便最蹩脚的演员也会有一个能让他表演得非常出色的角色,因为在那时,他就好像众多面具当中的一副活生生的面孔。

想要成为一个出色的演员,他必须做到:第一,具备把自己的内在表现于外的天赋才能;第二,拥有足够丰富的想象力,想象出生动的虚拟场景和事件,以便把自己的内在本性更有力地刺激、召唤出来；第三，具备足够的理解能力、经验和修养，用以适当地理解人的性格以及人与人之间的相互关联。

"人与命运的搏斗"应该说是悲剧的最普遍主题——这是半个世纪以来我们那些好发空洞、单调而又不知所云却甜腻得让人恶心的言论的当代美学家们一致的看法。这种说法被提出的前提假设就是：人具有自由的意志（意欲）——无知的人都会抱有这一奇想；另外，我们还有一项绝对命令——无论命运怎么阻挠，我们都一定要达到这一个绝对命令的道德目的，或执行其指令。上面的那些先生们就是从这种说法中获取鼓舞和喜悦的。不过，他们所说的那个悲剧的主题却是一个很可笑的看法，因为我们要与之搏斗的那个对手根本就是一位隐蔽着，且戴着雾一般头罩的侠客，因此，我们所发出的每一击都会落空。要想尽力地躲开这一对手的攻击，却偏偏一头扎到他的怀里，就如拉乌斯与俄狄浦斯王两人所遭遇的情形相同。再者，命运本来是全能的，我们与之搏斗的做法简直就是一种可笑至极的胆大妄为。所以，拜伦的这种观点应该说是非常正确的：

我们与命运拼争，
就像玉米束子反抗镰刀。

——《唐·璜》

莎士比亚对此也曾有这样的看法：

命运，显示您的威力吧：
我们并不是自己的主宰，
命中注定的就必然发生，

那就让它发生吧！

——《第十二夜》第1幕结尾

古人常常把命运看作某种隐藏于整体事物当中的必然性，而这种内在的必然性既不理会我们的意志和请求，也不会考虑到我们自身的罪孽或功德；它只管去指引人类的事务，而且，会通过一种隐秘的关联，将那些从表面上看彼此并没有任何关联的事情，根据命运的不同需要各自牵引在一起。如此乍一看，这些事情只是很偶然地走在了一块，但从更高一层意义上讲，这皆是由某种必然性所导致的。正因为如此，通过神谕、占卜和睡梦等其他方式去预知即将发生的事情也就成为可能了。

只要是由上帝决定的命运必然是某种被基督化了的命运，也就是要把命运变成上帝为这个世界争取最大益处的旨意。

文学的目的在于推动我们的想象力

我认为文学最简单且最正确的定义应该是:"利用词句使想象力活动起来的艺术。"维兰德(德国文学家)在给梅尔克的信函中,有一段足以证实此定义的精确性。他说:"仅仅是文中的一小段文字就花了我两天半的时间,原因只是没能找出一个合适的词汇,脑海里一天到晚总在这方面思索。这自然是因为我希望就像一幅绘画那样,把浮现在我眼前的确切视像,原模原样地搬到读者面前。还有,就像你所知道的,在绘画中,即便一笔一画,光线的明暗,甚至一个小小的反射光都是非常重要的。"文学中描绘的材料,因为读者的丰富想象力而带来了某种方便,即这些经过精密加工和有着细腻笔触的文学作品,在达到适合于某人的个性、知识和情绪时,自然就会激发他的想象力(相同的诗歌或小说,因为读者个性或其他的不同而使感触大有不同)。但造型艺术(比如绘画、雕刻、建筑等)却没有这种方便,它必须凭借一个形象或一个姿态来满足每个人。在这些形体之中,往往用不同的手法,主观地或偶然地附带上某位艺术家或模特的个性烙印。当然,这些附带物越少就越具客观性,也就越能显示这个艺术家的天赋——因此，文学作品比绘画、雕像等更有强烈、深刻和普遍的效果，以上这些，可以说是重要原因之一。

通常，一般人对于绘画、雕刻等的反应特别冷淡，所以造成了造型艺术所产生出的效果也特别微弱。奇怪的是，一些大画家的作品常常会在隐僻的场所出现或为私人所收藏，这并非为了故意地隐藏或当作珍品藏诸名山，而是因为一向不为众人重视所致，也就是说，这些东西从来都没有显示出它的任何效果，只是偶然间被人发现而已。从这个事实中我们可以看出造型艺术的效果竟然这样微弱。1823年我在意大利佛罗伦萨时，发现了拉斐尔的一幅"圣母的画像"，多年以来那幅画一直都挂在宫廷婢仆家房间的墙壁上，这件事竟然发生在素有"艺术王国"美称的意大利，能不让人慨叹吗？所以，这就可以证明造型艺术很少有直接和突然的效果，而且也足以证明艺术的评价比其他所有作品都难，同时也需要各种培养和知识。相反，动人心弦的美丽旋律却能传遍全世界，优秀的文学也可被各国的国民争相传诵。富豪显贵为造型艺术提供最有力的支持，他们怀着对偶像的崇拜之心不但出巨额资金购买名画，对于有名望的古代大家的名画，有时甚至不惜以放弃广大土地为代价。究其原因，很明显，杰作越罕见，而持有者也越值得夸耀。其次，还因为外行人欣赏艺术作品时，只需花不多的时间和努力，一打眼就能看出所画的东西是什么，因此，艺术品不受一般人的注意。它不像品味文学作品那样需要较烦琐的条件——音乐也一样。所以，没有造型艺术也不要紧，例如，回教诸国里没有任何造型艺术，但没有哪个文明国家是不存在文学和音乐的。

文学的目的在于推动我们的想象力，为我们启示"观念"。换句话就是以一个例子来说明："人生和世界到底是怎么一回事？"因此，成为一名文学家的先决条件是首先要洞悉人生和世界。他的见解深刻与否，直接决定和影响着作品的深度。就像理解事物性质的深度和清晰程度一样，文学家也可以区分为很多等级。其中大部分文学家都认为他们已把自己所认识的事物非常准确地描写出来，令所塑造的形象和原物不无二致了，从而就认为自己是卓越而伟大的作家；或者，他们在阅读大作家创作的作品时，觉得他们的认识未必比自己多，甚至也不见得比自己高明多少，满以为自己一样可以挤入名家之列。这就是他们的目光永远不能长远的原因。

一流的文学家能知道其他人的见解是多么浅薄，也能知晓别人看不到、描写不出来的那些东西，甚至更知道自己的眼光和描述中的哪些地方比别人进步。当然，他知道自己是一流的文学家，因此那些浅薄的人们是无法真正了解他们的。所以，真天才和大作家们常常要陷入一段长期的绝望生活。因为能真实地评价一流作家的人，他们本身已不平凡，这种知音实在太难得了。而平庸的文人常常不尊重他们，就像他也不会尊重平庸文人一样，因此，在未得到世人的赞许之前，只好长久处于孤芳自赏、自我陶醉的日子。不过，人们又要求他们应该谦虚，连自我称赞都受到指责，所以，知道自己的优点与价值的人和那些对世事一无所知的人，不管如何总是谈不到一起。伟大就是伟大，不平凡就是不平凡，实在不必谦逊，假如从塔的基底量起，往上至塔尖足三百米的话，那么从塔尖往下再至基底也应该足三百米，不会缺少一丝一毫。古代的名家如卢克莱修、贺拉斯、奥维德等从不妄自菲薄，都说得很有自信。近期的如但丁、莎士比亚及许多其他著名作家，也都是这样。

一名作家不了解自己的伟大所在，又怎能创作出优秀的作品？天下绝无此理。那些谦称的无价值的作家，只是绝望的无能力者用以自我安慰的歪理罢了。某英国人说过一句话，乍听来好像有点滑稽，但却不无道理，他说："merit（真价）和modesty（谦逊），除第一个字母相同以外，再无共同之点。"因此，我不禁总是怀疑大家要求谦逊的这种想法是不是正确。柯尔纽说得更直接："虚伪的谦逊，不能寄予它太多的信任。我深知自己的价值所在，别人也相信我所谈的事情。"歌德也不客气地说道："只有没用的奴辈才谦逊。"也可以说，口头上经常念叨："谦逊哪！一定要谦逊！"这些人才是真正毫无作为的人，才是毫无价值的奴才，是人类之中愚民团的正牌会员。这是因为，只有存在自身价值的人，才能清楚他人的优劣所在。当然，我在此所说的"价值"是指真正且有真实价值的事情。

在与财富结伴时，无知才会显得丢人现眼

在与财富结伴时，无知才会显得丢人现眼。穷人因贫穷和匮乏而受苦，对于他们来说，劳作取代了求知并占据了他们全部的精神世界。相比而言，有钱但无知无识的人只是生活在感官的快乐之中，跟牲畜没有什么两样，这是屡见不鲜的事情。不过，这种有钱的无知者竟然还有资格受到这样的指责：在他们的手里，财富和闲暇未曾得到过充分的利用，并没有投入到让这二者发挥极大价值的工作中去。

阅读时，别人的思考取代了我们自身的思考，如此，我们不过是在重复作者的思维过程。这种情形就和小学生学写字一样——他们用羽毛笔一笔一画地摹写老师所写的字迹。由此可见，在阅读时，思维的大部分工作都是别人帮我们完成的。这也就是在我们从专注于自己的思维转入阅读这个过程时会明显感受到的某种形式放松。但在阅读时，我们的大脑就会成为别人思想的游戏场。当这些东西最终离开以后，留下来的会是什么呢？于是，倘若一个人几乎每一天都在进行大量的阅读，空闲的时候只是稍作不动

脑筋的娱乐消遣,长此以往会慢慢失去独立思考的能力,就像一个总是骑马的人最后很可能会丧失行走的能力一样。很多学究遇到了这样的情形:实际上,他们是把自己读蠢了。这是因为他们一有空闲就即刻进行持续的阅读,这种行为对精神思想的伤害其实更甚于持续的手工劳作,毕竟在从事手工劳作时,我们还有时间处于自己的思想之中。就像弹簧受到持续重压最后弹性消失一样,我们的思想会因为别人思想的持续入侵和压力而丧失其应有的弹性。就像吃下太多的食物会损伤我们的肠胃甚至损害了整个身体,同样,过多的精神食粮也会让我们的头脑堵塞和窒息。因为阅读的东西越多,被阅读的东西在精神思想上所留下的痕迹就会越少——我们此时的头脑就像是一块被写满重叠的、密密麻麻的东西的黑板。所以,我们就没有时间重温和回想,而只有这样做,阅读过的东西才能被我们吸收,就像食物只有在经过消化而并非咽下之时才能为我们提供营养一样。如果我们常常持续不断地阅读,之后对所阅读过的东西又不多加琢磨,那么读过的东西就不会在头脑中扎根,大部分内容很快就会被遗忘。总之,精神营养与身体营养没有什么两样:我们咽下的食物真正被我们吸收的不到五十分之一,其余部分经过蒸发、呼吸以及其他方式消耗掉了。

另外,用个形象的比喻来形容付诸纸上的思想,就像是在沙滩上走路的人走过后所留下的足迹。没错,我们是看到了他留下的足迹,但要了解他沿途所见之物,就一定要用自己的眼睛看才行。

通过阅读有文采的作品并不能让我们拥有这些文采素质——它们包括生动的比喻、丰富的形象和雄辩的说服力;尖刻讽刺或者大胆直率的用语、优美雅致或者简洁明快的表达；一语双关的妙句、让人眼前一亮的醒目对仗句式、言简意赅的行文流程、朴实无华的文章格调等。不过，观摩具有如此素质的文笔能够激发我们本身已经存在的一些潜在素质，并且意识到自己所拥有的内在素质；同时也清楚能够把这些素质发挥到哪种程度。这样，自己就能越发游刃有余地顺应自己的意向，甚至放心大胆地发挥这些才能。通过别人的例子，我们能够鉴别利用这些才能所产生的效果，并学习到正确发挥这些才能所必需的技巧。唯有如此，我们才能真正拥有这些才能。因此，阅读唯一可以帮助我们写作的地方也就在这里，阅读教会我们的是怎样发挥和运用自身天赋、能力的方法和手段——当然，前提是我们自己已经具备了这些天赋。但假如我们自己缺少这些素质，那么不管怎样阅读也都无济于事——除了勉强可以学到一些僵硬、死板的矫揉造作之外，长期按此方式我们就只能成为肤浅的模仿者了。

读者的愚蠢
简直让人难以置信

文字作品与生活没什么两样：在生活中，那些无可救药的粗鄙之人到处可见——就像夏天那些四处乱飞污染一切的苍蝇；同样，为数众多的坏书、劣书层出不穷——这些文字作品中的"杂草"夺走了"麦苗"的养分直到将其窒息而亡。也就是说，大量的坏书、劣书夺走了读者大众们的时间、金钱和注意力，而所有这些理应运用到优秀的书籍及其崇高的目标中去。很多人从事写作就是为了获取金钱或谋取权位。我认为，基于这些目的写出来的东西不但毫无价值，而且绝对有害。现在百分之九十的文字作品除了蒙骗读者，想要从其钱包里抠出几枚铜子以外，再没有其他目的了。为了这个共同的目的，作者、出版商和评论家必定是狼狈为奸、相互勾结。

那些为了面包而拿起笔杆的人、多产的写手们屡屡得手的一个招数十分狡猾和低级，但效果非常显著，真正的文化修养和时代的良好趣味也难以与之相提并论。也就是说，这些人仿佛玩弄木偶一般牵引着有一定欣赏趣味的有闲大众，有目的地训练他们养成与出版物同步的阅读习惯，让他们都阅读同样的，也就是最新或最近的出版物，以便从中获取茶余饭后的谈资。一些久负盛名的作者，例如，斯宾德勒、布尔瓦、欧仁·苏等所作的低劣小说和相似性质的文章也都是基于相同的目的。既然那些热爱文学艺术的读者群常常以阅读所谓的最新作品为己任——这些粗制滥造的文字是特别平庸的头脑为了获取钱财而作，也正是因为这个，此类作品数不胜数——而作为代价的是这些读者对于历史上各国曾出现的那些出色和稀有的思想著作就仅知其名而已，那么，在这世上还会有比这更加悲惨吗？！尤其是那些日报和文艺杂志更是居心叵测地抢夺了喜欢审美的读者的时间——这些时间本该放到真正优美的作品中去，以熏陶自己、修身养性，而不应浪费在平庸者天天都在极力吹捧的拙劣作品上面。

因为人们常常倾向于阅读最新的，而非历朝历代中最优秀的作品，因此作家们就被局限在流行和时髦观念的狭小圈子里，而这个时代及其民众也就更加陷入停滞不前的泥潭之中。所以，在挑选读物时，掌握并识别哪些是不该读的艺术就成了尤为重要的事情。这种艺术的掌握就在于别碰那些不管何时都能吸引最多读者注意的作品——大部分人都在捧读它们，不管读者手里拿的是宣扬政治言论、文学主张的小册子还是小说、诗歌等。这些东西能够轰动一时，甚至在其生命的第一年同时也是最后一年竟然可以被印刷很多次。另外，我们必须牢记这一点：那些写给傻瓜看的东西总能找出一大群读者；而我们应该一直把非常有限的阅读时间用在阅读各个国家和民族历史上出现的经典作品——写出这些作品的人可谓超群绝伦，他们在后世所享有的名声就已说明了这一点。这些人写出的作品能够给我们以非常有益的熏陶和教育。

劣质的书不管怎样少读也总嫌太多，而优秀的作品不管怎样多读也总嫌太少。劣书是毁坏我们精神思想的毒药。

阅读更多好书的前提条件之一就是不要读坏书，因为生命何其短，时间和精力非常有限。

某位作家写出了评论古代的某位伟大思想家的文章、书籍等作品，读者大众也就跟着捧读这些东西，却不是那个思想家的著作。因为读者大众只喜欢阅读最新印刷的东西，就像一句话所形容的那样：相同羽毛的鸟聚在一起。所以，对于读者大众来说，当今的某一肤浅、平庸的头脑所写出的沉闷及啰唆的废话比伟大的思想家们的思想更具亲和力与吸引力。我非常庆幸自己的好运，因为年轻时的我就有幸拜读施莱格尔的这一优美格言——正是从那以后，它就成了我的座右铭：认真阅读了真正的古老作品以后，今人对它们所做的评论并没有多大意义。啊，那些平凡无奇的头脑简直如出一辙！这些人的思想就像从同一个模子出来的！相同的场景让他们产生的只能是相同的想法！除了这些，还有他们那些渺小、卑微的打算和目的。无论这些小人物写了哪些毫无价值的无聊闲话，只要是新的印刷出版，傻傻的读者大众就会不断追捧它们，而那些默默地躺在书架上的伟大思想家的巨作却无人问津。

读者大众的愚蠢和反常行为简直让人难以置信，因为他们把各个民族不同时代保存下来的珍贵罕见的各种思想作品束之高阁，反而一门心思捧读每天频繁出现、出自平庸头脑的胡编乱造，完全是因为这些文字新鲜出炉，甚至印刷油墨都没干透。从这些作品的诞生之日起，我们就要持有鄙视和无视它们的态度，要不了多久，这些劣作就会招致其他人相同的对待。它们不过是为人们嘲弄消逝的荒唐年代提供了一些笑料和话题罢了。

不管何时，都存在着两种并行发展却又互不相干的文字作品：一种是实实在在的，另一种只是表面上如此。前者渐渐成为永恒的作品。在这一方面努力的人是为文艺或者科学而生的人；他们不但认真执着、不张扬，而且脚踏实地地走在自己的人生道路上。在欧洲，即便一个世纪的时间也只产生了十来部这样的作品，但它们却能长久存在。另一种文字作品的追随者却是把文艺或者科学当作谋生的手段；他们跃马扬鞭，紧随其后的是利益相关人之间所发出的鼓噪与喧哗。他们每年都会把无数作品送进市场。但过不了几年，人们就不禁要问：这些作品现在去哪儿了？那些人轰动一时的名声现在又飘向何方了？因此，我们可以把这种文字作品形容为光阴一去不复返，而前一种文字作品则是静止的、永驻的。

倘若在购买书籍的同时又能买到读书所用的时间，那该有多好！不过，人们经常把购买书籍错误地看作已经掌握和吸收了这些书籍的内容。

期望读者记住他们阅读过的所有东西，就相当于期望他的肚子里可以留得住他们吃过的全部食物。食物、书籍分别是读者在身体上和精神上赖以生存的东西，它们决定了二者当下的存在状态。就像人的身体只吸收与之同类的食物，同样，每个人也只能记得住那些让他感兴趣的事情，也就是记住与他的总体思想或利益目标相符或相关的东西。当然，人人都有自己的利益目标，但很少人会有类似于总体思想的东西。因此，如果人们对所做的事情没有客观的兴趣,他们读的东西就不会结出果实;因为他们留不住读过的任何东西。

一个人的作品就是他自己思想的精华

"复习是学习之母。"所有重要书籍,都必须一口气连续读上两遍才行。其中一个原因是在读第二遍时,我们能更好、更充分地理解书中内容之间的整体关联,而且只有理解了书的结尾才能清楚书的开头;另一个原因就是再次阅读时,我们的心境、情绪与第一次阅读时已经有所不同。这样,我们阅读后得到的印象也会不同。这种情形就像是在不同光线之下审视同一个物体。

一个人的作品就是他自己思想的精华。因此,即使一个人有着伟大的思想能力,但阅读他的作品会比与他交往得到更多的内容。从最重要的方面讲,阅读这些人的作品确实能取代其或超越与这个人亲身交往。甚至一个写作才能平庸的人所写出的文字都会有一定意义上的启发,可以给人以消遣因此值得一读——原因就在于这些东西是他的思想的精华,是他学习、思考和研究过的东西;而与这个人的交往却并不一定能让人满意。因此,与某些人的交往不能让我们满意,但他们的作品却可以拿来一读。

没有什么事比阅读那些古老的经典作品更能让我们神清气爽的了。即使随手拿来一部这样的经典作品，就算只读上半个小时，整个人立刻就会感觉耳目一新，浑身舒泰，精神也获得了净化和升华，就像是畅饮了山涧清泉一样。这到底是因为古老的语言和其完美特性，还是因为古典作家们著作里的那些伟大思想在历经数千年后依然保存完好，其力度也不曾减弱丝毫？或许两个原因都有吧。不过有一点是能够肯定的：如果人们放弃了使用那些古老语言——时下就存在着这种威胁——那些新的文字作品就将空前地被粗俗、肤浅和毫无价值的无聊文字所充斥。尤其是德语这一具有古老语言中很多优秀特质的语言，目前正遭到"当代今天"的卑劣文人有计划和变本加厉的破坏与摧残，所以，越发贫乏、扭曲的德语也就渐渐沦为可怜的方言和粗话。

我们可以把历史分为两种：政治历史和文学、艺术历史，前一种是意志的历史，后一种是智力的历史。因此，读政治的历史从头至尾让人忧虑不安，甚至是胆战心惊。整部政治的历史毫无例外地充斥着欺骗、恐惧、困苦和大规模的厮杀。而文学、艺术的历史读来却是让人开心愉快的，即使它记录的内容包含了人们曾经走过的弯路、犯过的错误。哲学史智力历史的主要分支：哲学史发出的鸣响甚至可以传到其他历史中去，而且，在其他的历史观点和看法中，它也从根本上起着主导作用。因此，正确理解的话，哲学也是一种特别强大的物质力量，虽然其作用的过程非常缓慢。

对于世界历史来说，半个世纪就是一段比较长的时期，因为它可以提供的素材源源不绝，事情的发生永不枯竭。不过，半个世纪并不能为文字写作的历史提供多少素材，对其来说，什么事情都未曾发生——因为鱼目混珠者的胡闹与这种历史毫不相干。因此,五十年以后,我们仍然止步不前。

为弄清楚这种情形,我们把人类知识的进步与一颗行星的轨迹进行对比,在每次取得明显进步以后,人类总是极易踏上弯路——这点我们可以用托勒密周转线加以说明。在走完每一圈托勒密周转线以后,人类又会再次回到这一周转线的原点。不过那些伟大的思想者却不会轻易地迈进这些周转线,即便他们确实曾经引领了人类沿着行星的轨道前进。由此可以说明为什么获得后世的名誉必须常常是以失去同时代人的支持为代价,反之也是这样。

与事物的这种发展过程相关的一个事实就是,大约每过三十年,我们就会看到科学、文学或艺术的时代精神宣告瓦解。换句话说,在此期间,各种谬误愈演愈烈,直到最后被自己的荒谬所摧毁,而与这些谬误相对立的相反的意见却同时声名鹊起。这样,情形就发生了变化,但接着出现的谬误却总是走向了与它之前的谬误完全相反的方向。这些事实刚好为文学史提供了实用的素材,用以表现事物发展过程中出现的周期性反复现象。但文学史却恰恰没有注意到这方面的素材。

与我曾描述过的人类进步轨迹相符合的是文字写作的历史:它的大部分内容无非是陈列和记录了很多早产、流产的文字怪胎。而那些屈指可数的自诞生以后渐渐成长起来的作品却根本不用在这一历史中寻找足迹,因为这些作品永远年轻地活在人间,我们不管身在哪里都能遇到这些经典作品。这些作品正是我在前面已经讨论了的、属于真正文字作品的唯一构成;而记载这些历史所包含的人物却并不多。我们是从有思想文化内涵的人的嘴里了解到这一历史的,而并不是从教科书的大纲和简编中得知的。

我希望有一天会有人写出一本文学的悲惨史——书中记录着每一个傲慢地炫耀本民族伟大作家和艺术家的国家,以及这些人物活着时,周围环境到底是怎样对待他们的。这样一部悲惨历史必定让人们关注到:所有真正优秀的作品不管在何时何地都要与总是占上风且荒唐、卑劣的东西进行永不停歇的激烈战斗;差不多每个真正的人类启蒙者以及在种种学问和艺术上的大师们都是殉道者;除了少数的例外,这些杰出人物都是在贫苦之中度过了自己的一生,他们不仅得不到人们的认可与同情,还没有自己的学生和弟子,而名誉和财富等却被这一学科中根本不配拥有这些东西的人所占有,情况就同以扫的遭遇(此典故见于《旧约全书》)一样:长子以扫为其父狩猎野兽,他的孪生弟弟雅各却在家里穿上以扫的衣服骗取了父亲的祝福。不过,即使这样,那些伟大人物对其事业的热爱支撑着他们,直到这些人类教育家的苦斗最终落幕——长生不朽的月桂花环此时向他们招手了,这样的时分也终于敲响了:

沉重的铠甲化为翅膀的羽毛,
短暂的是苦痛,恒久的是欢乐。

——席勒《奥尔良的年轻太太》

三
要么庸俗，要么孤独

每个人的优点都与缺点相关联

人们的完美优点与某一缺点相关联——这一缺点的形成是因为这个优点太过完美所致。反之，某一缺点同样和某一优点相关联。因此，我们对人的看法常常出现差错就是因为在和我们刚刚认识的人交往时，我们总是会把他的缺点和与之相关联的优点弄混，或者反过来。小心、谨慎的人就会表现得胆小、怯懦，节俭也就变成了抠门儿；或者，我们会把大手大脚视为豪爽大方，而粗俗放肆就成了坦诚率直，有勇无谋就成了绝对的自信，凡此种种，数不胜数。

生活中，人们总是不由自主地认为，道德沦丧与智力低下是相辅相成的，因为我们直觉地认为这二者同源。其实，这种看法是错误的。我在《论意志于自我意识中的主导地位》一书中，曾对此做了详尽的说明。实际上产生这一错觉主要是因为人们频繁地看到这二者紧密地同时出现；也正是由于这个原因，道德沦丧与智力低下极易和睦相处。不能否认的是，如果道德沦丧同智力低劣联手捣鬼，那么它们就能轻轻松松地炮制出许多惹人生厌却又司空见惯的现象,而事情依然照旧继续发展着。智力有缺陷的人很容易把自己虚假、卑鄙、下流的一面表现出来,而精明的人则知道怎样巧妙地将自己的这些劣性掩饰起来。另一方面,刚愎、乖张的心地往往会不以为然地妨碍了一个人看到自己的智力实际上能够被认清的真理!

但是,我们每个人都不该自夸和傲慢。每一个人,即便是最杰出的思想天才,也会在某一知识领域中明显地暴露出他的局限——就此,他也就承认了自己其实与那些思想颠倒、荒谬、愚昧的人类有着相同的血脉。同样,在每个人的内心,都存在着一些非常恶劣的道德成分,甚至那些具有最好、最高贵的性格的人也会在某些情况下,以其个人的不良特性让我们惊诧万分。这种人也是通过这一方式承认了他与人类的渊源。人类有着不同程度的卑鄙、下流,甚至残忍。也正是由于人类具有这种劣性——这是罪恶的原则所致——他也就不可避免地成了人类的一员。

即使这样,人与人之间的差别依然非常巨大,当我们看到别人表现出自己的样子时,我们大部分人都会大吃一惊。啊!如果有一个可以让人们透视道德事情的阿斯莫底斯该有多好!如果他可以助其宠儿看穿房顶、墙壁,还可以让他们透视覆盖着的一切,穿透人们用奸猾、虚伪和谎言编织成的纱网;倘若阿斯莫底斯可以让我们看到世界上的诚实是如此罕见,而非义和狡猾又是如何牢牢地占据着统治的地位,那有多好!

人的内心深处潜藏着那些丑陋的东西,它们秘密潜藏于美德的背后,即便是我们最不会怀疑的地方也成了它们的藏身之所。因此,许多人与四足动物结下了纯洁、深厚的友谊,因为,当然了,假如不是我们的爱犬诚实的眼睛——在见到这种眼神时,我们不必忐忑、怀疑——我们又怎能从人们的那些没完没了的虚假、见利忘义中恢复信心呢?

这个经过文明教化的世界,其实只是一个巨大的化装舞会。在此,我们能够看到骑士、牧师、医生、律师、神甫、哲学家,以及其他形形色色的人。但这些人并不是他们所表现出的那副样子,他们的外边有一个面具。而藏在面具后面的,常常都是那些投机取巧,只为谋取利益的人。一个人为了可以轻巧地与其对手周旋,而戴上了从律师那里借来的面具——法律面具;而另一个人也为了相同的目的,选择了一款公共利益和爱国主义的假面具;很多人为了自己的目的而戴上了哲学、博爱的假面具;等等。女人的选择范围不太大。

一般情况下,女人们能够挑选的面具只有腼腆、端庄、贤淑、娴静。社会上还有一些面具是缺少特色的,好像多米诺骨牌一样统一、相似。因此,我们所看见的都是极为相像的一路货色。而这些面具就是谦让、忠厚、老实、发自内心的关切和面带笑容的友谊。就像我在前文讲过的,在一般情形下,所有这些面具的背后,都潜藏着商人、小贩、投机分子。在这方面,做生意的人自然形成了唯一诚实的阶层,因为只有他们是真的没戴面具、以真实的面目示人的;他们也因此长时间处于低下的地位。实际上,我们早就应该清楚,生活就是一场化装舞会——这是非常重要的,倘若不清楚这一点,我们就不能弄明白其他事情,甚至会茫然若失。

在这方面,那种被"泰坦用更好的泥塑造了他的心"(尤维纳利斯的诗句）的人，其迷惑性为时非常长久。而这些现象简直不被他们所理解：卑鄙、无耻能够得到青睐、提携；而对人类有贡献，甚至做出了最杰出、最非凡的业绩的人得到的却是同行的轻视；每一种货真价实的东西差不多都被拒之门外，不过那些似是而非的东西却备受人们追捧；人们特别仇视绝代奇才和真理；那些学究对自己研究的领域所表现出来的无知……我们应教导年轻人：在这场化装舞会上，苹果是用蜡做成的，鲜花、金鱼都是由丝绸和纸板做成的，所看到的一切都是不值钱的东西，所有的笑谈都不必当真。我们还要提醒他们：当看到两个人非常认真地讨论某件事时，其中一个人肯定是在售卖假货，而另外一个则是在支付假钞。

人性中最糟糕的就是幸灾乐祸

人性之中最糟糕的特性就是对别人的痛苦始终感觉快意,也就是人们常说的幸灾乐祸。正是因为这一特性与残忍紧密相连,而且,这二者的关系确实就像理论与实践一样。总之,幸灾乐祸占据了同情原本所处的位置,而作为幸灾乐祸的对立面,同情却是名副其实的公义与博爱的真正源头。从另一种意义上讲,嫉妒与同情之间是相互对立的关系——只要嫉妒产生的原因是别人处于与前面所述相反的情形,也就是处在良好的境况。所以,嫉妒与同情的互相对立首先就在诱发嫉妒产生的时机,然后,嫉妒才会作为一种结果展现在感觉本身这样一种形式。

因此,嫉妒虽然并不值得提倡,但却情有可原,而且一般来说也是人之常情。相对来说,幸灾乐祸却是魔鬼具有的特性,它的冷嘲热讽、落井下石简直就是地狱发出的可怕笑声。就像我前面所述,幸灾乐祸恰好现身于同情本应该占据的位置,但嫉妒却只会出现在尚未引发我们同情的时机的情形之下,而且正是在完全相反的情形才会出现。作为和同情相对立的情绪,只要受限于上述程度范围之内，那么嫉妒就可以说是人之常情了。

的确，恐怕没有人能够彻底摆脱这种情绪的缠绕。因为在看到别人享有的快乐与占有的财产时，我们常常就会觉得自己在这方面存在不足——这是一种非常自然的现象，是无法避免的。只不过这种感觉不应该引起我们对于比我们更幸福的人的那种憎恨的情绪，但真正意义的嫉妒却刚好正在发挥着这样的作用。倘若不是因为别人交到的好运或者得到纯属偶然的机遇，抑或是得到他人眷顾等，而只是因为别人获得的是大自然的赐予，自己就妒意满满，妒火中烧——那是绝对不应该的，因为一切天生的东西都具有其形而上的基础，也就是这样的安排有着更高层次上的公正与合理。

也可以说，这是神灵的一种恩赐。但很不幸，嫉妒常常反其道而行之：对于他人身上所拥有的优异素质，嫉妒却是最难消除的。因此，在这世上的那些具有非凡头脑智力甚至于天术思想的人，倘若其不能视嫉妒者于无物的话，那他们就一定要先乞求别人原谅自己具有的先天才能才行。换句话说，如果说别人的嫉妒纯粹是起因于财富、地位或者权力，那么嫉妒往往还能与嫉妒者们较量一番，因为在某些情况之下，这些嫉妒者们会有所顾忌，他们毕竟还指望从其嫉妒对象那里获得一些帮助、接济、保护和提携，或是从这些人的享受中分一杯羹；又或者，起码可以获得与这种人建立联系、沾上这些尊贵之人身上所散发出的光辉的机会，甚至是分享这种人在某一方面的荣耀。获得诸如此类恩惠的一些希望总还是有的。

相比之下，对于大自然的纯粹馈赠和个人自身的优越素质，比如女人的美貌和男人的智慧，我们在内心不能驾驭自己的嫉妒，因为对于我们，不存在上述那些希望和慰藉。如此，除了对这些受惠者怀有的满心苦涩和没法逝去的恨意之外，再没有其他什么了。所以，现在他们仅存的愿望就是采取行动对这种人实施报复。但那些嫉妒者们的处境又是非常不幸和尴尬的：如果别人得知自己发出攻击的原因只是出于嫉妒，那这一切攻击就马上完全失去了威力。因此，一般而言，这种嫉妒会被小心谨慎地掩藏起来，就像那些见不得光的肉欲的罪过一样。

嫉妒者只能绞尽脑汁，狡猾地先将嫉妒伪装一番，然后在别人毫无所知的情形下，对自己嫉妒的对象下黑手。例如，他们会对别人身上那些吞噬着自己心灵的优异素质毫无所知、视若无睹，而且，脸上始终带有一副毫无邪念、善良纯美的表情；对于别人的优点，他们既没听说，也没感觉，可真是毫无所知。这样的嫉妒行为也就把人装扮成了虚伪的伪装大师。

这些嫉妒者心思细密地将如此一个微不足道的人完全忽视——恰恰是这个人的闪光素质在吞噬着自己的内心；他们不仅没有意识到，甚至有时彻底忘记了竟然还有这样一个平凡而又普通的人。但私下里，嫉妒者却使尽一切手段，小心谨慎、一丝不苟地杜绝能让这些优异素质展现与被人了解的所有机会——对于他们而言这可是头等大事，一切都得给它让路。之后，这些嫉妒者就隐在黑暗处，对其嫉妒的对象加以指责、嘲笑、挖苦和中伤，就像蟾蜍在它的洞穴中喷射出的毒液一样。他们会同样竭尽全力地热情讴歌微不足道的人，赞颂本行取得的平庸成绩，甚至于拙劣之作。

简言之，他们成了精于谋略的隐身普鲁特斯（希腊神话当中善变外形的海神），目的就是隐藏嫉妒，诋毁对方。但这样做能有什么作用呢？有经验的一眼就能识别这套把戏。一般情形下，嫉妒在其对象面前所表现出来的畏缩与躲避就已经让他暴露了。因此，引发别人嫉妒的素质越是优异，那么对于具备这种素质的人而言，他就越容易陷入孤独状态。所以，美貌的女孩子总是缺少同性朋友。嫉妒还会通过不明原因的憎恨情绪暴露自己——这种憎恨往往抓住的是最微细且只是靠想象出来的借口而突然爆发。

尽管嫉妒的家族分布很广，但我们仍然能够从人们异口同声的赞美与自谦中一眼发现嫉妒的存在；而把自谦列入美德行列的做法就是为了让平庸者获利而想到的"聪明"法子。因为自谦说明必须要具有容忍拙劣与鄙陋的能力，因此，自谦成为美德也就暴露了拙劣与鄙陋的存在。当然，没有什么会比见到别人私下里被嫉妒暗暗折磨并疲于玩弄手段更让我们的自尊与高傲受用的了。但我们永远不应忘记的是：嫉妒常常与憎恨相伴相随。我们一定要谨防怀有嫉妒之心的人成为自己的朋友。

所以说，能够发觉他人的嫉妒之心，对于我们自身的安全而言，是非常重要的一种素质。因此，我们应该研究、琢磨透彻，准确把握他人的嫉妒心理，从而才能破解他们的骗术，因为嫉妒的人到处可见，并且常常不知不觉、悄无声息地在我们的身旁活动，或者，就像是那些有毒的蟾蜍经常出没在黑暗的洞穴。我们不必对这种人充满宽容和同情，相反，我们的行为准则应该这样：

嫉妒永远难以湮没，
你就尽情报以鄙视。

> 你的幸福、名望是他的痛苦,
> 回想得知引发这些的原因就是你的任务。

一旦我们看清了人的劣性,就像前文所做的那样,仍会为这些人的劣性感到由衷的震惊,那我们就应该即刻把目光转向人类生存的苦难;如果对后者感到吃惊,就必须再度审视人的劣性——于是,我们发现了二者互相平衡。所以,我们也就意识到了这里面存在了某种永恒的正义,那是因为我们会发现这个世界本来就是一个非常巨大的审判庭;我们也会渐渐明白为什么每一个具有生命的东西都必须为其生存赎罪,首先是人活着时,然后是其死亡时,也就是"罪孽"与"惩罚"之间的对应被协调得天衣无缝。

审视这一观点,我们就会因为在生活中随处可见的大众的愚蠢而常常感受到的那种厌恶情绪也就随之云消雾散了。所以,佛教的轮回里所说的"人之苦难""人之性恶"以及"人之愚蠢"三者相互对应得不差毫厘。但在某个特定的时候,我们看到的只是这三者之一,并对此特别重视;这样,我们所看到的这三者之一在某种程度上好似压倒了其余二者,事实上,这只是一种错觉而已,绝对是因为这些东西的无处不在与无孔不入。

这就是永恒的轮回,轮回圈里包含的一切都显示出这一事实;然而人类世界把这一点表现得更为清晰,因为于此而言,恶劣、无耻的德行以及低下、愚蠢的智力占有优势。即使这样,我们依然能看见再次唤起我们惊讶表情的现象偶尔分散地呈现在我们周围。这些就是在人们身上表现出来的诚实、慈善,以至于高贵,还有伟大的理解能力,甚至天才的思想。

这一切从未泯灭殆尽，它们孤独地分散于各个角落但却闪烁出光芒，为身处黑暗的大众照亮了前进的方向。我们必须把这些看作证明这一真理的依据：在这永恒的轮回当中，一个美好的救赎原则藏而不露，它能冲破这一轮回并为处在其中的全体带来鼓励和解救。

孤身一人也比背叛自己的人围着要好

人们总会提出这样一个问题：倘若两个人分别在荒野中独自长大，那么在他们首次相遇时，会做些什么？关于这个问题，霍布斯、普芬多夫和卢梭都做出了不同的回答。普芬多夫相信这两个人会相互友好问候；霍布斯则认为他们会把彼此视为敌人；而卢梭的看法最特别，他认为这两个人相遇后只是擦肩而过，沉默不语。这三个人的回答既有对的一面也有错的一面，因为恰恰是在这种情况下，两个人天生的个体道德倾向之间没法衡量的差别就会表现出来。而这种情况就像是测量道德倾向差别的尺度和仪器。因为，对于某些人而言，当他们看见他人时，就会产生一种敌对情绪，并且他们的内心深处还会警告自己："这个人不是我！"也有一些人在面对其他人时，会立刻产生一种好感，觉得友好、关切和同情，他们的内心会说："这个人就是另一个我！"

这两种情绪之间有着无数等级，而我们在这种具有关键性的立场上，感到这些根本不同的问题实在是一个巨大的未解之谜。在丹麦，一个名叫巴斯特海姆的人在他的《关于生活在原始状态下的人的历史报道》一书里，为我们提供了许多针对人类道德性格所具备的这种先验本质而进行各种考察的素材。巴斯特海姆发现：一个民族所表现出来的思想文化与这个民族的道德优点竟然是完全独立、分开的，其原因是这两者往往分离开而不一起出现。我们可以把这种现象解释为：民族的道德优点并不是源自理性的思考；而理性思考的训练、培养则有赖于思想文化的发展。

不过这种道德优点是直接发自意志本身的，而意志的内在成分又是人类天生的，因为意志本身是不能通过文化修养而进行改进的。在巴斯特海姆的著作中，他提出大多数民族都是道德败坏的；而在一些野蛮部落里，他却发现了人类身上具有很多异常让人钦佩的总体性格特征，比如生活在萨乌岛的居民，还有居住在西伯利亚一带的通古斯人和皮鲁岛人。为了解决这个问题，巴斯特海姆狠下了一番功夫：为什么有些部落的人特别善良，而生活在他们周围的其他部落的人却这样卑劣呢？按照我的观点，对于这种现象的解释是，道德素质遗传自父亲。

在前面的这个例子中，孤零零、道德高尚的部落来自同一个家族，所以他们拥有共同的祖先，而这个祖先刚好是一个善良的人。由此，这个部落每代人都保持着纯洁无瑕。在北美一些地区，曾经发生过很多让人不愉快的事情，比如，逃避公债、公然打劫、抢掠等。发生这些事情时，英国人这样想：当年，北美是英国流放罪犯的殖民地。当然，我在此所说的只适用于这些人当中的很小一部分人。

一个人的个性——即他既定的性格和智力——好比渗透力非常强

的染料，可以精确地决定他的一切行为和思想，甚至包含生活中最琐碎的细节——这简直是太奇妙了。在人类个性的影响下，一个人的人生轨迹，即记录着他的内在与外在事情的发展过程，会清楚地显现出他与别人的人生轨迹截然不同的差别。就像植物学家能够从一片叶子识别出整株植物，居维尔可以通过动物的一块骨头重构出这个动物；同样，根据一个人的某一种具有典型性的行为，我们也能够正确地了解这个人的性格。也就是说，在某种程度上，我们是通过这一行为而勾画出这个人的，即使这种行为只涉及一些非常小的小事。但实际上，这些小事却往往能让我们认识一个人，因为在处理一些非常重要的事情时，人们会很自然地提高警惕，谨慎地控制自己；而对于小事情，他们就会疏于防范，只是按照自己的本性行事。

如果一个人在处理一些小事情时做出了完全不顾及别人、完全自我的行为，那么我们就能够断定他的内心一定没有公平、正直的感情，所以我们不能在没有任何保障的情况下把事情托付给这种人，即使是一文钱。因为在这样一个不涉及财产的事情上，都毫不关心、缺乏公正的人，他的无限膨胀的自我主义，很容易在日常生活里的细微动作、行为中暴露出来，就像是透过一件破烂的外衣的孔洞看到里面肮脏的内衣一样——对于这种人，谁又能相信他在处理人际交往的事情时，除了正义而毫无动机的情况下，可以做到老少无欺呢？

任何人，倘若在小事上不知道体恤别人，那么在大事上他就会肆无忌惮。而倘若忽视了一个人性格上的细微特征，那么，只有待他吃亏受苦之后，才知道自己的特殊性格已显露无遗了，而这样的结果也是他咎由自取。根据这个原则，当我们所谓的好朋友泄露出他们下流、恶劣的特性时——即便是毫不起眼的小事上——我们也要马上和这些"好朋友"断绝来往。唯有如此才能避开他们的阴毒招数——只要时机来临,这些东西就会现形。这种判断标准也一样适合我们所雇用的仆人。对此我们要铭记于心:即便孤身一人也比被背叛自己的人围着要好。

自由的存在
一定是原初的存在

对于命运之说，古人一向认为所发生的一切都被因果关系联系在一起，因而这些事情都遵循着严格的必然性；因此我们可以说，未来发生的事情早就被固定不变地确定下来了，而且不能有丝毫的更改，就像过去早已发生了一样。可以确切地预言未来会发生的事情——在古人的神话、命运里——是被认为不可思议的事情，如果我们忽视催眠预知和第二视觉这两个方面的话。我们不能试图用愚蠢的借口、肤浅的空谈来反驳命运论的基本真理，而应该竭力地了解和察觉这个真理，因为这个基本真理是能被证实的——它为人类提供了了解那谜一样神秘的生存的重要素材。

对于两个命运论——上帝决定命运论与前面提到的命运论——之间的差别并非体现在总体和根本性上。二者间的差别主要在于前者认为：人的天生的性格和对人的行为的外在限制源于某个具体的认知之物；而后者却认为，这一切并不是源于某个具体的认知之物。但就结果来说，这两种命运论却是殊途同归：必须发生的事情最后一定会发生。

而道德自由与原初性始终保持着紧密的关系。这是因为，假如将一个生存看作另一个生存的作品，而在意志与行为上，前者却是自由的——那么这个观点仅玩弄字眼还说得通，若放在缜密的思想领域里却是缺乏依据的。也就是说，倘若谁能凭空创造出某一种生存，那么他就创造、确定了这种生存的本质，也就是这种生存的总体素质。这是吟哦创造者既然创造出某样东西，那么他也就创造了这样东西所具备的，并被确切固定的素质。

而那些被确定下来的素质也会逐渐地遵循必然性而最终显现出来，并发挥它的作用。由于这些素质所显现出来的全部外现和效果只是它们被激活的结果——在适合的外在时机到来时，这些素质就会显露出来。什么样的人就会做出什么样的事。所以，功德和罪过并不是和这个人的具体行为有关，而是和他的真正本质与存在相联系。因此，一神论同人们应负担的道德责任是丝毫不相容的，因为这种道德责任自始至终都属于这种生存的创造者。

造物主才是真正意义上的责任人。人们竭力运用享有道德自由这一概念来调和这些矛盾，但这是徒劳无功的，这种牵强的调和也是靠不住的。自由的存在一定是原初的存在。倘若我们的意志是自由的，那么它必定也是原初之物；反之也是如此。前康德教条主义欲将这两个难题区分开，为此，他们不得不假设两种自由是存在的：一种是在宇宙起源学中世界形成的第一原因的自由；另一个种是在道德学和神学中假设人的意志是自由的。由于这个原因，康德的第三对和第四对的悖论内容也就成了探讨自由的问题了。

美好的品格本身即为一种幸福

一般来说，人是什么比他自己有些什么及他人对他的评价是什么更能影响他的幸福。因为个性无时无刻不伴随着人并且影响他的所有经验，因此人格——也就是人本身所具有的一些特质——是我们需要首先考虑的问题。能从种种享乐中得到多少快乐是因人而异的。我们都知道在肉体享乐方面确实如此，精神享乐方面也是这样。

每当我们运用英语里的句子"好好享受自己"时，这话确实太好理解了，因为我们没有说："他享受巴黎。"反而说："他在巴黎享受'自己'。"一个性格有了问题的人会把所有的快乐都当成不快乐，就像美酒倒入充满胆汁的嘴里一样也会变苦。所以，生命的幸福与困厄，不在于遇到的事情本身的苦和乐，而是要看我们怎样面对这些事情，看我们感受性的强度如何。

人是什么，他本身所包含的特质是什么，假如用一个词来形容，那就是人格。人格所具备的全部特质是人的幸福与快乐最直接、最根本的影响因素。其他的因素全是间接的、具有媒介性的，因此它们具有的影响力也会被消除破灭，但人格因素产生的影响却不能被消除。这就解释了为什么人的本来根深蒂固的嫉妒心性很难根除，况且，人们总是会谨慎小心地掩饰自己的嫉妒心性。

在我们所做、所遭受的全部经历当中，我们具备的意识素质常常占据着一个永恒不变的位置；所有其他方面的影响都有赖于机遇，机遇皆是过眼烟云，稍纵即逝且不停变动；独有个性在我们生命里的每时每刻都不停地工作着。因此亚里士多德说："永恒不变的不是财富，而是人的个性。"

我们对全然来自外界的厄运倒还能忍受，但是对因为自己个性所致的苦难却不能忍受；只因运道能够改变，个性却难以更变。人本身的福祉，例如聪明的头脑、健康完美的体魄、爽朗的精神、乐观的气质以及高贵的天性等，简单地说，即为幸福的第一要素。因此，我们要全力以赴地去促进与保存这种让人生幸福的特质，不要孜孜于外界的功名利禄。

在这些内在的品格中，最能带给人直接快乐的只有"健全愉悦的精神"，因为美好的品格本身即为一种幸福。愉快又喜悦的人是幸福的，他之所以能做到这一点，就因为他的个性本身就是愉快又喜悦的。这类美好的个性能够弥补因为其他一切幸福的消失所带来的缺憾。

例如如果一个人因为年轻、英俊、富有而受到人们尊敬，你想知道他是否幸福只需看他是否欢愉，假如他是欢愉的，则背直背弯、年轻年老、有钱无钱，这和他的幸福又有什么关系呢？总之，他是幸福的。若干年以前我曾经在一本古书中看到这样两句话："如果你一直笑，那么你就是个幸福的人；如果你一直哭泣，那么你就是不幸福的。"虽然是非常简单的几个字，甚至近乎老生常谈，但就是因为它的简单才让我一直铭记在心。所以当欢愉的心情来叩动你的心门时，你就该无限地敞开你的心门，让愉快和你同在。这是因为它的到来总不会错。但人们却往往犹豫着担心由于自己过于快活而导致乐极生悲和灾祸。

实际上，"愉快"本身即为一种直接的收获——虽然它不是银行里的支票，却是兑换幸福的现金；它能让我们得到当即的快乐，是我们可以拥有的最大幸事。因为从我们的存在对于当前这一方面来说，我们只是介于两个永恒之间那极为短暂的瞬间而已。所以，我们追寻的幸福的极致就是怎样保持与促进这种愉快的心情。

可以保持与促进心情愉快的并非财富，而是健康。我们不是总在下层阶级、劳动阶级，尤其是在野外工作的人们脸上看到愉快且满足的表情吗？而那些富有的上层阶级人士不是常常表现出满面愁容、满怀苦闷的神情吗？因此我们应竭力维护健康，也只有健康才能浇灌出愉悦的花朵。至于如何维护健康，实在不须由我指明——避免每个种类的任意放任自己和那些激烈又不愉快的情绪，也不要过于压抑自己的情绪，多做户外运动，洗冷水浴和讲求卫生等。没有适当的日常运动就不会永葆健康，生命过程就是依赖于体内每个器官的不停运转，运转的结果不仅影响到身体的各个部门，也会影响到全身。

亚里士多德曾说："生命就是运动。"运动也的确是生命的本质。有机体的每个部门都在不停地急速运转着。比如说，心脏在一张一弛间有力且不停地跳动着，每跳28次它就把身体内全部血液由动脉运至静脉再分布到身体各处的微细血管里；肺就像一个蒸汽引擎那样永不停息地膨胀与收缩；内脏也一直蠕动工作着；各种腺体不断地汲取养分再分泌激素；甚至连大脑也伴着我们的呼吸和脉搏的跳动而运动。

世上注定要有无数人去从事办公室工作，他们常常无法运动，所以体内的骚动与体外的静止不能被调和，最终导致显著对比的产生。事实上，体内的运动是需要适当的体外运动来平衡的，否则就会出现情绪的困扰。大树的郁郁葱葱要有风来吹动，人的体外运动与体内运动也必须达到平衡。

幸福基于人的精神，而精神的好坏又往往和健康息息相关，这只要我们在相同的外界环境与事件，在健康健壮与缠绵病床时的看法以及感受有着什么样的不同中就能看出来，让我们觉得幸福与否的并不是客观事件，而是这些事件给我们带来的影响以及我们对此的看法。就像伊辟泰特斯所说的："人们往往并非受事物的影响，影响他们的是他们对事物的想法。"

一般而言，人的幸福多半归功于健康的身心。有了健康，做什么事都会让人快乐；反之则失去了快乐；即便有些人具有伟大的心灵、乐观开朗的气质，往往也会因失去健康而黯然神伤，甚至出现质的改变。因此当两人见面时，我们总会问及对方的健康状况，相互祝愿身体安康，原来健康才是人类成就幸福最重要的因素。只有最愚蠢的人才会为了其他的幸福而不惜牺牲健康，不管这其他的幸福是功名利禄，还是学识以及转瞬即逝的感官享受，人世间没有任何事物会比健康更重要。

愉快的精神是获取幸福的要素，健康有利于精神的愉快，但要精神愉快只有身体健康还不行。因为一个身体健康的人也会整天郁郁寡欢、愁眉苦脸。忧郁根植于更为内在的体质，这种体质是无法改变的，它系于一个人的敏感性以及他的体力与生命力的一般关系中，非正常的敏感性常常导致精神的不平衡，比如忧郁的人往往比较敏感，患有过度忧郁症的人会爆发周期性的不受控制的快活，天才常常是那些精神力即敏感性很充足的人。亚里士多德观察到了这个特点，因此他说："一切在政治、哲学、诗歌以及艺术上有显著贡献的人都具有忧郁的气质。"毋庸置疑，西塞罗也有这样的看法。

人类幸福的两个敌人是痛苦与厌倦

只要略微考察一下就知道，人类的幸福有两个敌人：痛苦与厌倦。这就是说，即便我们幸运地离痛苦越来越远，但我们却是在向厌倦一步步靠近。如果远离了厌倦，我们就会更加靠近痛苦。生命呈现出两种状态，就是外在或客观、内在或主观，在这两种状态中痛苦与厌倦都是对立的，因此生命本身也可以说成是在痛苦和厌倦的两端剧烈地来回摆动。贫穷和困乏带来痛苦；太过得意，又惹人生厌。因此，当下层阶级在与困乏做着无休止的斗争即痛苦挣扎时，上流社会却在和"厌倦"进行着持久战。

对于内在或主观的状态，对立的缘由是人的受容性与心灵能力成正比，不过个人对痛苦的受容性又与厌倦的受容性成反比。现做进一步解释：依据迟钝性的定义，迟钝就是指神经不受刺激，气质感觉不到痛苦或焦虑，而且不管后者多么强大，心灵空虚的主要原因是知识的迟钝，只有经常兴趣盎然地注意观察外在的细微事物，才能消除人们脸上表现出的空虚。心灵的空虚是厌倦的根源，就像兴奋之后的喘息，人们需要通过寻求某些事物来填补早已空白的心灵。而所寻求的事物基本相似，看看人们沉迷的娱乐休闲方式，他们的社交娱乐方式和交流的内容不都是如出一辙吗？再看看有多少人站在阶前闲谈，又有多少人站在窗前向屋外凝望。因为内在的空洞，人们在寻求社交、娱乐、余兴以及种种享受时，就产生了奢侈浪费和灾祸。人们想要躲避灾祸的最好方法就是增长自己的心灵财富，心灵财富越多，厌倦所占据的地位就越小。那源源不绝的思考活动在丰富繁杂的自我与无所不有的大自然中寻找新的材料，构建新的组合，这样不停地鼓舞我们的心灵，如此，除了休闲时刻之外就不会再让厌倦有机可乘了。

不过，从另一个方面看，高度的才智植根于高度的受容性、强大的意志力和强烈的感情，这三者的结合体，让人容易动感情，对种种来自肉体和精神痛苦的敏感性也会相应增加，对阻碍不耐烦，而且厌恶挫折——这些性质又因为高度想象力的作用变得越发强大，使整个思潮（不愉快的思潮也包含其中），就好比真实的存在一样。上述的人性特质适用于每个人——不管是最笨的人还是空前的超级天才。因此，不管是在主观还是客观方面，一个人靠近了痛苦就意味着远离了厌倦，反之也是一样。

人所具有的天赋气质决定了他受苦的种类，客观环境受主观倾向的影响，人们所采用的手段常常和他所遭受的苦难相抗衡，所以有些客观事件对人类具有特别的意义，有些也没有什么特别的意义，这都取决于天赋气质。聪明的人最初要努力争取的就是避免痛苦与烦恼的自由以求得安静和闲暇，减少和他人的接触，享受平静、节俭的生活。因此，智者在和他的同胞们相处了不长一段时间后就会隐退，如果他再具有极高的智慧，或许还会选择独居。一个人内在具备得越多，求之于他人的就会越小，他人带给自己的也就越少。因此，人的智慧越高越显得不合群。当然，如果智慧的"量"能够替代"质"，那么活在大世界里才算是划算，但很不幸，人世间的一百个傻子也不能替代一位智者。更不幸的是，人世间的傻子简直太多了。

那些总是受苦的人，他们如果脱离了让人困乏的苦痛，就会立刻无所顾忌地寻求娱乐消遣和社交，就怕要自己独处，与任何人都能处得来。就因为孤独时，人须委身于己，他内在财富的多少就暴露出来；愚笨的人，即使身穿华衣，也会因为自己卑微的性格而呻吟，这原本就是他没有办法抛弃的包袱。不过，对于才华出众之士来说，即便身处荒原，也不会感到孤独寂寞。色勒卡曾说，愚蠢是生命的包袱，这话简直是至理名言——都能与耶稣所说的话相媲美了。

有天赋和个性的人是最幸福的

人所能作为与成就的最高极限是不会超过自己。人越能实现这一点,越能发现自己就是一切快乐的原动力,就越能让自己觉得幸福。这就是亚里士多德发现的伟大真理:"幸福即自足。"

一切其他的幸福来源,从根本上讲都具有不确定性和不稳定性,它们恰如过眼云烟,随机缘而定,而且常常难以把握。因此即便是在极得意的情形下,这种幸福之源也可能很快消失,这本是人生不可避免的事情。当人渐至衰老时,这些幸福的源泉也必定随之耗尽:这时所谓的才智、爱情、爱马狂、旅行欲,甚至社交能力统统离我们而去;那恐怖的死亡更要夺走我们的至亲好友。这一时刻到来时,自己是唯一纯粹和持久的幸福源泉。

在充满悲惨和痛苦的世界里,我们到底能得到什么呢?到最后,除了自己以外,我们每个人原来都是一场空啊!一旦想逃离悲惨和痛苦,常常又不免陷入"厌倦"的魔掌中。况且在这个世界里,又往往是小人得志、愚声满天。人人的命运都是残酷的,而全人类又本是可悯的。世界就是这样，因此只有具有丰富内在的人才是幸福的，就像圣诞节时，我们身处一间温暖明亮而又充满欢歌笑语的房间里那样；那些缺少内在生命的人，其悲惨和痛苦就像是置身于寒冬深夜的冰天雪地里。因此，世间命好的人，毫无疑问，就是那些既有天赋才情又有丰富个性的人，他们的生活尽管不一定是辉煌灿烂的，却必定是最幸福的。

19岁的瑞典皇后克莉丝蒂娜在更年轻时，除了听别人的议论外，她对笛卡儿的了解只是通过一篇短文，因为笛卡儿那时在荷兰已经独居二十年了；有感于此，她说："我认为笛卡儿先生是最幸福的人，他的隐居生涯真是让人羡慕。"当然，也得有有利的环境做保证才能让笛卡儿得其所愿，从而成为自己生命和幸福的主宰。从《圣职》一书中我们读到的智慧只有对那些拥有丰厚遗产的人才是好的，对生活在光明里的人才是有利的，被自然和命运赐予了智慧的人，一定急于谨慎地打开自己内在的幸福源泉，这就需要他具有丰富的独立自主和闲暇。

想要获得独立自主和闲暇，人必须甘愿节制欲望，随时修身养性。更要有不受世俗喜好和外界的束缚影响的定力，只有这样，人才不至于为了功名利禄，或者为了博取人们的喜爱和欢呼而牺牲自己，让自己屈就于世俗低下的趣味和欲望；智慧之人是决不会这样的，他一定会听从于荷瑞思的训示。在写给马塞纳思的信中，荷瑞思说："世间最大的傻子，他们为了外在而牺牲内在，为了光彩、壮观、地位、头衔及荣誉而付出大部分甚至是所有的闲暇和自己的独立空间。"歌德不幸这样做了，而我却侥幸没有。

在这里，我所坚持的真理在于人类的幸福主要植根于内在，这一点与亚里士多德在他的《尼·可马罕氏的伦理学》中的某些仔细观察是相互印证的，他认为，幸福预设了某个活动和某些能力的运用，如果没有这些，幸福也就不存在了。在注释逍遥学派的哲学时，斯多巴斯对亚里士多德的人类幸福在于能自主发挥各种天赋才能直至极限的主张做了这样的解释："可以有力而又成功地从事你的全部工作，那才是幸福。"

所谓有力，就是"精通"所有事情。人类天生就有与周围困难做斗争的力量，如果困难消失了，搏斗也就随之停止，自此，这些力量无用武之地，反而成为生命的一种负担。这时，为了避免厌倦带来的痛苦，人还需再次发动自己的力量，并运用这些力量。"厌倦"的最大受害者是那些富有的上层阶级人士。古代的卢克利特斯曾在诗里描述陷于"厌倦"的富人那可怜悲惨的场景，他于诗中所描写的在当今的每个大都市中仍然可见——那里的富人很少待在家里，因为这会让他们感到厌烦，但在外面他们也很难受，因此不得不再次回到家里，或者想健步如飞地奔赴郊外，好像他在那里的别墅着火了一样，但是到了郊外，他却又立刻厌烦起来，不是匆忙入睡以让自己在梦里忘怀一切，就是再忙着起程返回城市。

像上面这种人的年轻时代，肯定是体力和生命力过剩，肉体及心灵无法对称，不能长久保持体力和生命力；到了晚年，他们不是毫无心灵力了，就是缺少了培植心灵力的工具，以至于让自己陷入了悲惨凄凉的境地中。意志，是唯一不会枯竭的力量，也是一种人人都应该永远具备的力量。为了让意志保持高度活力，他们宁愿参与一切高赌注危险游戏，这显然是一种堕落。

一般情况下，人如果发觉自己整天无所事事，一定会为那闲置的精力找寻一种适合的娱乐，比如下棋、保龄球、赛马、狩猎、诗词、绘画、音乐、牌戏、刻印、哲学或其他方面的嗜好，对于任何娱乐他都不怎么精通，只是喜欢罢了。我们可以把这种嗜好规则地分为三类，它们代表了三种基本力量，就是合成人类生理组织的三个要素。不论它指向的目的是什么，我们都可以探究这些力量的本身，怎样发现三种幸福的源泉，以及每人按其剩余精力种类选择其一，让自己得到快乐。

第一类是满足"生命力"获得的快乐，这里的生命力主要有食、饮、消化、休息和睡眠。在世界的某个部分，这种基本快乐非常典型，基本上每个人都想得到这种快乐。

第二类是满足"体力获得的快乐，这种快乐可以从散步、跑步、舞蹈、角力、骑马、击剑以及类似的田径等运动中获得，有时甚至可以在战争年代通过军旅生涯消耗过剩的体力。

第三类是满足"怡情"获得的快乐，比如在音乐、学习、阅读、沉思、发明、观察、思考、感受、对于诗与文化的体会以及自哲学等中获得的快乐。

关于这些快乐的价值、持续性及相对效用的长短仍有许多，我们只能点到即止，其余就留给读者去思考吧。但有一点又是大家公认的，就是我们所运用的力量越高贵，所获得的快乐就越大，因为快乐的获得涉及自身力量的使用，而一系列的快乐顺利地不断显现是构成人类幸福的主要因素，越是高贵的力量所带来快乐的再现性就越高。因此获得的幸福就是稳定。就这一点来说，满足

"怡情"而获得的快乐地位，必然要比其他两种根本快乐高；前两类快乐也为兽类所拥有，甚至兽类具有更多这样的快乐；只有充足的"怡情"方面的快乐才是人类所独有的，这也是人与兽类的不同之处。我们的精神力是怡情展现出来的各种样态，所以，充足的怡情让我们能够获得某种与精神相关的快乐，那就是"智慧的快乐"，怡情越占优势，这类快乐就越大。

普通人平时更加关心的事是那些会刺激他们的意志，也就是与他们个人利害息息相关的事情。不过，经常性地刺激意志并非一件纯粹的乐事，其中定然夹杂着苦痛。就牌戏这种风行于"上流社会"的娱乐来说，它就是提供刺激的一种方式。由于它牵扯的利害关系很小，因此不致产生真实、长久的苦痛，只有暂时的微疼存在，"牌戏"对意志来说，其实只是一种搔痒的工具而已。

从另一个方面说，那些拥有极高智慧的人可以完全不涉及意志，他们更加关心一些"纯知识"的事物，这种关心是这些人必备的品格，它为他们消除痛苦的干扰，让他们生活在好似仙境般的宁静国度里。

心灵的财富是唯一真正的宝藏

普通人把他一辈子的幸福都寄托在外界事物上,或是地位、财富、娇妻和子女,或是朋友、社会等,如果失去了这些,他们就会备感失望,他们的幸福根基也就由此尽毁了。也就是说,他的重心会因每个幻想及欲念的改变而改变位置,但却不会放在自己身上。

如果他是一个资本家,那么他幸福的重心就是好的马匹、乡间别墅、有趣的旅行或是朋友,总之是过上奢华的生活,因为他的快乐源于外在的事物。这就像是一个失去健康活力的人,不懂得重新培养已经流失的生命力,却寄望于凭借药水、药片重获健康。

在说到另外一类人即聪慧之人以前,我们先看看介于两者之间的一类人,他们虽然没有出众的才华,但却比普通人要聪明些。他们爱好艺术却不精通,也研究几门学问,如天文、历史、物理、植物,喜欢阅读,当外界的幸福之源消失或不能继续满足他的需求时,也颇能以阅读自娱。可以说这些人的部分重心就在自己的身上。

不过爱好艺术与真正意义上的艺术创作根本就是不同的两码事，业余的科学探索极易流于表面形式，不能深入到问题的核心部分。普通人很难全心投入到学术探索并任由这种探索充满、渗透到生命的所有角落，以致彻底放弃其他方面的兴趣。唯有极为聪慧之人，也就是所谓的"天才"才能达到这样求知的强度，他能投入所有的时间和精力，竭力表达自己独一无二的世界观，抑或用诗、哲学来表达其对生命的认识。所以，他急于悠然地独处以便完成他思想的杰作。他喜欢孤独，闲暇是至高的善，其他一切不仅不重要，甚至让人讨厌。

这种人完全把重心放在了自己的身上，即便他们为数不多，但不管性格多么优秀，也不会对家庭、朋友或社团表现得多么热情或多感兴趣；他们只要求真正的自我，即便失去其他一切也没什么。正是因为这一点，他们的性格常常容易陷入孤独状态，更因为其他人的本性与他不一样，不能让他满足，彼此的不同之处便常常显见，以至于即便他走在人群里，仍然感觉自己像是孤独的异乡人，当他说到一般人时，只用"他们"而不会说"我们如何"。

我们现在能够得出这样的结论：天生具有极高智慧的人是最幸福的人。因此，主体因素和人的关系比它与客观环境的关系更加紧密；因为不管客观环境如何，他的影响常常是间接、次要的，而且都是以主体作为媒介。卢西安发觉了这个真理，便说："心灵的财富是唯一真正的宝藏，其他的一切财富都可能带来比该财富本身还要大的灾祸。"除了消极和不受打扰的闲暇以外，不必再向外界索取其他任何东西，因为他需要的只是闲暇时光，发展、成熟自我的智性机能，以及享受生命内在的宝藏。总之，这样的人生只求其一生中的每时每刻都可以为自己而活。

倘若他注定要成为整个民族的精神领袖的话，那么能否完美地发展心智力量直到顶峰以完成他的精神使命，就成了他幸福与否的唯一标准，其他的都不重要。这就说明为什么天生具有伟大心智力量的人都重视闲暇，视其为生命。亚里士多德也曾说过："幸福就在闲暇之中。"戴奥简尼赖尔提斯在记述苏格拉底的言行时说："苏格拉底视闲暇为一切财富中最美好的财富。"因此亚里士多德在《尼可马罕氏伦理学》一书里总结道，奉献给哲学的生活就是最幸福的生活。此外他还在《政治学》中说道，能够自由运用任何类别的力量就是幸福。最后，我们再引用歌德的一句话："若某人天生具有一些可以为他使用的才华，那他的最大幸福就是使用这些才华。"

女人只是渴望恬静安稳的一生

席勒的《女性的尊严》一诗，韵律优美，对仗工整，颇能扣人心弦，是一篇很成熟的作品。但在我看来，赞美女性最中肯、最妥当的，还是朱伊（法国作家）所写的那几句话。他说："倘若没有女性，我们生命的起点将失去被扶持的力量；中年失去欢乐；老年失去安慰。"拜伦在他的剧作《萨丹那帕露斯》里也曾对女性发出感人至深的赞美：

人类呱呱坠地之始，就必须依靠女性的乳房才能不断成长，婴儿的牙牙学语亦出自女性之口的传授，我们最初的眼泪是女性给我们抑止，我们的最后一口气通常也是在女性身旁吐出来……

（第1幕第2场）

以上二人所言都能真切、具体、传神地道出女性的价值所在。

显然，就女性的外观和内在精神来说，她们常常不能承担肉体上的剧烈劳动，这是由于她们在行动上不能承担"人生的债务"，因此，造物者故意将一些受苦受难的事情加诸女性身上以求补偿，诸如分娩的痛苦、对于子女的照顾、对丈夫的服从等——很微妙的，女性对丈夫常常有一种超常的忍耐力。女性很少表现出强烈的悲哀、欢喜或其他强烈的力量，所以，从本质上说，她们的生活无所谓比男人幸或者不幸，她们只是渴望恬静、安稳的一生。

女性最适合担任养育婴儿及教育孩子的工作，为什么呢？因为女性本身就像个孩子，既浅见又愚蠢——一句话，她们的思想介于男性成人与孩子之间。一个少女能和孩子通过唱歌、跳舞、嬉戏等方式来度过一整日的时光。如果换个男人，即使他能耐下心来做这种事，但各位不妨想想看，那将会是一幅怎样的画面？

造物者似乎把戏剧中所谓的"惊人效果"用在了年轻女性的身上。造物主赐予她们的财富只有短短几年的美丽，以及暂时的丰满和魅力，到最后，甚至透支她们日后所有的姿色。因此在这短短的几年里，她们能够俘获男人的感情，让男人承诺对她们的爱护——直到死亡。因为欲望促使男人动心直到做出承诺，只靠理性的成熟还不能保证其有效。所以，上苍创造女人和创造万物一样，使用经济手段，只有在生存必需时才给予她（它）们需用的武器或器械。比如，雌蚁在交合以后便丧失翅翼，因为翅膀已经成了多余，而且将给产卵与抚养带来一种威胁；同样，一名女性在生下几个孩子以后，往往也就丧失了美丽、娇艳。

因此，在年轻女性们的心里，家务及其他女工也就成了次要的工作，甚至只是当成一种游戏罢了。她们唯一思虑的，只不过是如何恋爱、如何俘获男性，以及与之相关的事情而已，诸如化妆、跳舞，等等。

宇宙中的一切事物，越是优秀、高等，他们达到成熟的时间就来得越迟。在二十八岁以前，男性的理智与精神能力成熟的并不多见，女性却在十八九岁时就已进入了成熟期。虽说是"成熟"，在理性方面她们仍表现得非常薄弱，因此，女性一辈子都只能像个孩子，她们往往只看重眼前利益，执着于现实，思维也只是流于表面而不能深入，不注重大是大非问题，只喜欢跟那些无关紧要的小事较劲。

人，不同于一般动物，只满足于生存在"现在"，人类有理性，通过它，能够检讨过去而瞻望未来。人类的远见、悬念以及烦闷等都是因理性而生。由于女性的理性非常薄弱，因此那些因理性而生的利与弊，也比男性少得多。不，应该说女性是精神上的近视者，这样更准确。

她们直觉的理解力，对身边事物的观察力非常敏锐，但远距离的事物却无法入目。因此，凡是不在她们视野之内的，不管是有关过去还是有关未来的，她们都漠不关心。虽然男性身上也存在这种现象，但没有女性那么普遍，况且她们严重的程度有的已近乎疯狂。女性的浪费癖就是基于这一心理，在她们的心中，赚钱是男性的本分，而尽力花掉这些钱（在丈夫未逝前或去世后）就是她们应尽的义务。尤其是，为了家庭生活丈夫把薪资交给她们保管以后，更坚定了她们的这个信念。

当然，上述的做法和观念存在诸多弊端，不过也具有一些优点，由于女性是活于现实的，因此她们知晓及时行乐的道理，看着整日劳苦的丈夫，她们不免于心不忍，为了调节丈夫的身心，必要时还会千方百计给丈夫以各种慰藉，增加生活的情趣。

古日耳曼民族有一个风俗，就是在男人们遭遇困难时，总是会屈尊求教于妇女，这样做无可非议。为什么呢？主要因为女人对于事物的理解方法与男人完全不同，最明显的是，她们眼里只有距离近的事物，做事情通常会选择离目标最快捷的路径。而男人在看待眼前事物时，最初是毫不在意地一晃而过，但想来想去，绕了几个弯儿，最终得出的结论重点仍在眼前的事物上。而且，大致上说，女子果断，比较冷静，对于事物的见解，只存在于当前事实，思绪单纯，不会被那些纷乱复杂的思想所干扰。而男人则不然，如果激动起来，常常把存在的事物加以扩大或想象，结果要么把小事闹大、要么钻进牛角尖。

女性比男性更具怜悯之心，因此，对于那些遭遇不幸的人，她们易于表现出包含仁爱与同情的言行。但因为现实的心理，关于诚实、正直、正义感等德行却比男人差。这是由于女人理性的薄弱，因此只有现实、具体、直观的事物能在她们身上激起力量，对于与此完全相反的抽象思想、常在的名言或那些关于过去、未来或远隔的各种事物，女人完全无法顾及。因此，她们虽然天生具有那些德行，却无法发挥展开。就这一方面来说，女性完全可以与有肝脏但无胆囊的生物相比了。由此，我们就发现了女性最根本的、最大的缺陷——不正。

这个缺陷同样要归咎于理性的欠成熟，女性是弱者，她们没有被恩赐雄浑的力量，造物者就赐予她们一项法宝——"狡计"。她们天生就有虚伪、谲诈的本领，这就是上苍的奇妙安排，就像狮子有利齿和锐爪、牛有角、象有牙、乌贼有墨汁一样，造物者让男人具有强健的体魄与理性，也赋予女性以防卫武装的力量，那就是佯装的力量。虚伪与佯装，可以被称作是女性的天性，即便是淑女，与愚妇相比，也没多大的差别。因此她们尽可能地利用机会，借助这一力量，实际上，这就像上述动物遭受外界攻击时使用它的武器那样，是天经地义、自然而然的事。从某种程度上说，她们认为这样做就像是在行使自己手中的权力一样。因此，几乎没有绝对诚实、没有一点儿虚伪的女性。

女性对于他人的虚假极易被发觉，所以，我们千万别拿虚伪去回报女人。因为她们存在这一根本缺陷，于是不贞、背信、虚伪、忘恩等毛病相继出现，法庭上的"伪证"，女性远比男子做得多。因此，对于女性发誓赌咒之类的行为，其真实性如何，实在有待推敲——我们不是常常听到一些雍容华贵的妇人在商店里居然做起了顺手牵羊的三只手的勾当吗？

为了人类的繁衍生息，为了避免种族的退化，那些强壮、年轻而又俊美的男性，应造物者的召唤现身而出。这是一种自然而坚不可破的意志，被女性视为一种激情。从古至今，这种法则一直凌驾于其他法则之上，因此，男性的权利和利益一旦与它相违背，必然遭殃，在那"一见钟情"的一刻，他的一言一行就会分崩离析。因为在女性潜意识的、不形之于外的、神秘的、与生俱来的道德中早已认定："我们女性天生具有对于那些只知谋取私利、妄图霸占种族权利的男性行使欺骗的权利。种族的构成与幸福，关系到我们的后代，这全靠我们女性的养育与照顾。我们顺应本心去履行我们的义务吧！"

对于这个最高原则，女性不只是抽象的意识，还暗藏着对具体事实的意识，因此一旦机会来临，除了付诸行动外，没有别的方法了。在她们这样做时，其内心超乎我们想象的平静，因为在她们心灵深处早已意识到种族的权利远比个体大，所以更应为种族尽义务，尽管个体的义务可能会因此遭受侵害。

总之，女性就是为了繁衍种族后代而存在的。她们的天性也是应此而生的，因此，她们甘心为种族牺牲个体，她们的思维也常常侧重于种族方面的事情。也因为这样，她们的性情和行为被赋予了某种轻佻的色彩，具有和男性截然不同的倾向。这在婚姻生活中可见一斑，不，人们常说的夫妻不和谐，差不多就在于此吧。

男人之间可以随随便便地相处下去，女性之间似乎生来就相互敌视。商场中那种"同行相嫉"的心理，对男人来说，只会在某一特殊情形下才可能出现嫌隙，而女性则具有一种独占市场的心理，因此所有女性都成了她仇视的对象，即便是在路上相遇，也好像Guelfs党徒碰面。只有理性被性欲蒙蔽了的男人才会把"美丽天使"这个头衔用在那些矮小、瘦肩、肥臀而又短腿的女人身上，因为女性之美通常只存在于性欲之中。

与其说她们漂亮，不如说她们毫无美感更加准确。不管是对于音乐、诗歌还是美术，她们都没有丝毫真情实感。或许她们会表现出一副用心欣赏、非常在行的样子，那也只是为了迎合他人的一个幌子罢了。总之，女人对这些事情，绝对不会以客观性介入，在我看来，这是因为：男人对待任何事情都是靠智慧或理性，尽力去理解它们或者亲手征服它们；而女性不管何时何地，都是通过丈夫的这层关系来间接支配一切，因此她们天生具有一种支配丈夫的能力。她们生来就有一种固执的观念——一切以俘获丈夫为中心。女性做出关心其他事物的态度，其实那只是在伪装，是为达到目的而进行的迂回战术，说到底不过是在模仿或献媚罢了。卢梭在写给达兰倍尔（法国哲学家、数学家）的信中曾说："一般女子对所有艺术都没有真正的热爱和真正的理解，同时，对于艺术来说，她们也没有什么天赋。"

这话说得太对了。比如在音乐会或歌剧表演等场合，我们可以仔细观察下普通女性的"欣赏"态度，即使是最伟大的杰作，即使是演唱到了最精彩的时刻，她们依然像个孩子似的叽叽咕咕，不知聊些什么。据说古希腊人曾有严禁妇女观剧的规定，如果这是真的，倒是非常可行，至少能让我们在观剧时不会受到干扰，可以多欣赏一会儿，甚至能领悟一点儿什么出来。我们确实有必要在"妇女在教会中要肃静"（见于哥林多前书16节之24）这一规则后面再加上一条，那就是："妇女在剧院中要肃静"。

除此，我们实在不能对女性有太多奢望。就拿美术来说吧，从绘画的技法上看，男女一样适合，但有史以来，即便最优秀的女性在这方面也没有产生任何一项具有独创性或真正伟大的成就，而在其他方面，她们也没有给世界做出什么具有永恒价值的贡献。

表面看来女人们对绘画非常热衷，可是为什么不能创作出优秀作品呢？"精神的客观化"是绘画的重要因素之一，而女性凡事皆易陷入主观，正由于这个不足，因此普通女性对绘画都没有多少领悟性，连这个基本条件都不具备，自然不会有什么作为了。三百年前的哈尔德（马德里医学家和作家）在他的佳作《对于科学的头脑试验》中，就曾断言过："女性不具备一切高等的能力。"除了个别特殊情形以外,这是绝对的的事实。

大体而言,女性实在是俗不可耐,她们一生都摆脱不掉平凡庸俗的环境和生活。所以,妻子和丈夫共享身份与称号是非常不公平的。一旦让她们指挥调配,会因为她们的虚荣心给男人带来无尽的刺激,这是造成近代社会腐化的一大原因。

女人们在社会中到底处在何种地位更为合适?拿破仑一世说道:"女性无阶级。"我们不妨把这当成标准。其他的如夏佛茨倍利(英国伦理学家)的见解也很有道理。他说:"女人尽管是因男人的愚蠢和弱点而生,但与男人的理性完全无关。男女之间,只有表面上的同感,在精神、感情、性格等方面却绝不相同。"女人毕竟是女人,她们永远都跟不上男人的脚步。因此,在针对女性的弱点方面,我们唯有睁一只眼闭一只眼,不必太认真,但假如对她们过于尊敬,却又显得可笑与夸张,在她们看来,我们男人是在自降身份。

自混沌初开,人类一分为二时,就没有绝对的"等分",不过是分成"积极"和"消极"两类,不但质是这样,量也是这样。比如东方民族和希腊罗马人,对女性的认识判断他们要比我们准确得多,他们赋予女性的地位,也比我们妥当得多。女性崇拜主义是基督教与日耳曼民族丰富感情的产物;它同样是将感情、意志与本能高举在意志头顶的浪漫主义运动的导火索,这种愚蠢到家的女性崇拜,常常让人联想到印度教"圣城"贝拿勒斯的神猿,当这只猿猴得知自己被当作神圣而获得"禁止杀伤"的特权时,它就更加蛮横霸道了。女性的横霸与任性犹有过之。

西方各国所赋予女性的——特别是那"淑女"地位，实在是错得离谱。从古至今都是屈居人下的女人，绝对不是我们应该敬重与崇拜的对象，由于她们依靠自身的条件与男人享有同样的权利还不可同日而语，更别说享有同等特权了，否则肯定造成不可挽回的损失。我们要求给予女人一定的地位，不只会被亚洲人耻笑，若古希腊罗马人得知，也一定会讥笑我们的不智，只希望"淑女"一词自此消失无踪。如果这样，不管是在社会还是政治上，我相信都会带来不错的收益。

因为"淑女"这一身份的存在，让欧洲大部分女性（特别是那些身份不高的女人）比东方女性遭遇了更多不幸。这些所谓"淑女"根本没有存在的必要，不过对于那些主妇和就要成为主妇的少女们，她们确实不可或缺，对于后者，我们应该好好地教导她们，让她们不再狂妄自大，从而具有服从的优秀品质和快速适应家族生活的能力。

拜伦说："古希腊妇女的生活状态，确实是一面很好的镜子。男人可以为她们充分供给衣食，让她们不用为了谋生而到社会上抛头露面，可以全心全意地照顾家庭。要达到这种生存状态，她们一定要接受充足的宗教教育，与诗、政治理论等相关的书籍不读也罢，但有关'敬神'和'烹调'方面的书籍却必须得看。空闲时，绘画、跳舞、抚琴唱歌都可以，还可以不时造些园艺或者下田耕作。伊比鲁斯的女人都能够修筑出十分漂亮的道路来，我们现在的女人还有什么借口不做那些挤牛奶、砍枯草之类的简单工作呢？"

服从是女人的天性，在此我还可以进一步说明：年轻的女人本来是自由自在与独立不羁的（这有悖于女人的自然地位），但要不了多久，就要寻觅一个能够指挥统治自己的男人为伴，这就是女人的受支配需求。年轻时，支配者是她们的丈夫；年老时，便是倾听忏悔的僧侣。

为爱而结婚的人将生活在痛苦之中

出自爱情的婚姻，其缔结是为着种属，而不是个体的利益。虽然当事人误以为在谋求自己的幸福，但他们真正的目的却不为他们所了解，因为这目的只是生产一个只有经由他们才可以生产的个体。男女双方为着这一目的而走到了一起。这样，他们应该彼此尽可能地和谐共处。但是，虽然这两个人由于本能的错觉——它是狂热爱情的本质——而走到了一起，这两人在其他方面的差异通常是很大的。当错觉消失以后——这是必然发生的事情——其他方面的差异就会暴露于光天化日之下。据此，出自爱情的婚姻一般来说都会导致不幸福的结局，因为这样的婚姻就是为了将来的后代而付出了现在的代价。

"为爱而结婚的人将不得不生活在痛苦之中。"一句西班牙谚语如是说。而出于舒适生活考虑而缔结的婚姻——这经常是听从父母的选择——则是相反的情形。在这里，人们主要的考虑——不管它们是什么——起码是现实的，不会自动地消失。这种婚姻着眼于现在一代人的幸福，而这当然就会给后代带来不利；并且，是否真能确保前者仍是未知之数。在婚姻问题上只看在金钱的价上,而非考虑满足自己喜好的男人,更多的是活在个体,而非种属之中。

这种做法直接与真理相悖,因此,它看上去就是违反自然的,并且引来人们的某种鄙夷。如果一个女孩,不听其父母的建议,拒绝了一个有钱、年纪又不老的男人的求婚,把所有舒适生活的考虑搁置一边,做出了符合自己本能喜爱的选择,那她的做法就是为了种属而牺牲了自己个体的安乐。不过,正因为这样,我们才不由自主地给予她某种赞许:因为她挑选了更为重要的事情,并且以大自然(更准确地说是种属)的意识行事;而她的父母则本着个体自我的思想给她出谋划策。根据以上所述,我们似乎看到了这样一种情况:在缔结婚姻时,要么我们的个体,要么种属的利益,这两者之一肯定会受到损害。通常就是这样的情形,因为优厚的物质条件和狂热的爱情结合一道是至为罕有的好运。

大多数人的身体、道德,或者智力都相当差劲和可怜——其原因或许部分就在于人们在选择自己的婚姻伴侣时通常不是出于纯粹的喜好,而是考虑各种外在的因素和听任偶然的情形。但如果人们在考虑舒适生活的同时,也在某种程度上考虑自己个人的喜爱,那就等于是和种属的精灵达成了妥协。众所周知,幸福的婚姻是稀有的,这正好是因为婚姻的本质就在于它主要着眼于将来的一代,而不是现在这一代人。不过,请让我加上这一句,作为对那些具温柔气质和充满爱意的人的某种安慰:有时候,与狂热的性爱结合在一起的是 种山自完全不同源头的感情,也就是说,是一种建立在性情相投基础上的真正的友谊,但这种友谊经常只在真正的性爱因获得满足而熄灭以后才会出现。这种友谊通常是这样产生的:两个个体的身体、道德和智力方面的素质互相对应,形成互补——由此产生了着眼于将来孩子的性爱;这些素质在这两个个体的关系中,使各自的脾性气质和思想优点相映成趣,同样发挥了互补的作用,并由此构成了气味相投、和谐的基础。

在此讨论的关于性爱的形而上学与我的总体的形而上学可谓丝丝入扣,而前者能够帮助我们认识后者的地方则可以总结为下面几点。

我已经清楚表明:人们为了满足性欲而小心翼翼地选择异性伴侣——这里包括性爱的无数强烈等级,最高一级则为狂热的激情——完全是因为人们严肃、认真地关注其后代的个人特性。这种异常奇特的关注证实了我在《作为意欲和表象的世界》已经阐明的真理:第一,人的自在本质是不可消灭的——它继续生存于后世之中。这是因为假如人类是绝对倏忽、短暂的,那在时间上尾随着我们的人种的确完全有别于我们,那么,如此强烈和不知疲倦的关注——它并非出自人为的思考和意图,而是出自我们本质的内在冲动和本能——是不可能像现在这样顽固存在、难以根除,并对人们发挥着如此强大的影响。第二,人的自在本质更多地存在于种属,而非个人之中。这是因为这种对种属的特殊构成的关注——它是所有情事的根源,从只是一时的喜欢一直到最投入、最认真的激情——对于每一个人来说都确实就是最重要的事情;而这种事情的成功或者失败会深深地触及每一个人。因此,这事情也就被特别称为心的事情。

更有甚者,当这种关注强烈和明确地表现出来时,所有只是关乎自己个人利益的事情则一概让路，并在必要的时候成为其牺牲品。所以，人们以这样的方式显示了：种属比起个体与人们更加密切；两者相比较，人们更直接地活在种属之中。那么，为何恋爱着的男人把全副身心交付出去，诚惶诚恐地看着对方的眼色，随时准备着为她做出种种牺牲？因为渴求她的是他身上的不朽部分；而渴求其他任何别的都永远只是他身上的可朽部分而已。那种目标指向某一特定女子的迫切甚或炽热的渴望，就是证实我们那不可消灭的本质内核以及它在种属延续着生存的直接凭据。但把这种延续的生存视为不重要和不足够则是错误的。我们出现这一错误是因为我们把种属延续的生存，理解为只是一些与我们相似的生物在将来的存在，它们在任何一个方面都并非与我们为同一。

另外，由于我们的认识从内投向外——从这些认识的角度观察，我们考虑的就只是我们所直观看到的、种属的外在形态，而不是它的内在本质。但正是这种内在本质构成了我们意识的基础，是我们意识的内核；它对于我们甚至比这意识本身还要直接。作为自在之物，它并没有受到个体化原理的限制；存在于所有个体当中的其实就是同一样的东西，不管这些个体相互并存抑或分先后依次存在。这就是生存意欲，也正好就是这如此迫切要求生命和延续的东西。

所以，它不会受到死亡的影响。但是，这生存意欲也不可以达到比目前更好的状况和处境了。所以，对于生命来说，个体永恒不断的痛苦和死亡是肯定的。摆脱这些痛苦和死亡，就只能否定生存意欲；只有这样做，个体意欲才可能挣脱种属的根基，放弃在种属中的存在。至于到了这个时候意欲成了什么，我们缺乏明确的认识，我们甚至缺乏为我们带来这方面认识的素材。我们只能把它形容为可以自由决定成为还是不成为生存意欲的东西；如果答案是否定的话，佛教就把它称为涅槃。这一境界始终是人类这样一种认识能力所无法探究的。

如果我们现在从这最后思考的角度审视熙攘混乱的人生，我们就可以看到每个人都在穷于应付生活中的困苦和折磨，竭尽全力去满足没完没了的需求和躲避花样繁多的苦难；人们所能希望的不外乎就是把这一充满烦恼的个体生存保存和维持一段短暂的时间。在这一片喧嚷、骚动之中，我们却看到了两个恋人百忙当中互相投向对方充满渴望的一眼；为何这样秘密、胆怯、躲躲闪闪？因为这些恋人是叛变者——他们在暗中争取延续那要不是这样很快就会终结的全部困苦和烦恼；他们打算阻止这一结局的到来，就像其他像他们那样的人在这之前所成功做了的一样。

出身贫苦的人拥有坚定而充足的自信

伟大的幸福论者伊壁鸠鲁把人类的需要分为三类，他所做的分类非常准确。第一类是自然且必需的需要，如食物和衣服。这都是容易满足的需要，如果缺乏就会有痛苦感。第二类是自然但并非必需的，如某种感官的满足。在此我要说明一下：根据狄奥简尼·卢尔提斯的记述，伊壁鸠鲁并没有指明是哪些感官，因此与原有的伊氏学说相比，我所叙述的更加固定和确实。第二种需要较难满足。第三类就是既非自然又非必需的，如对奢侈、挥霍、炫耀及光彩的渴望。这种需求就像无底的深渊，很难让人满足。

用理性定义出财富欲的界限确实很难，我们几乎不能找出可以让人感到真正满足的财富量，这一数量是相对的，就像在他所求和所得间，通过意志保持了一定的比例。只凭人的所得来衡量其幸福，不管他所希望得到的——这样的衡量方式，好比只有分子而不能写出分数一般无效。对自己不希罕的东西，人不会产生失落感：没有那些，他依然可以快乐；而另一类人，即使拥有无数财富，却常常为自己得不到所希望的东西而苦恼。在他所见范围内的东西，只要他能够得到，就会感到快乐；而一旦不能得到，就会终日苦恼。每个人都有自己的地平面，超出这个范围的东西，对他来说，能否获得并没有影响。

所以，富翁的亿万财富并不会让穷人眼红，而富翁也不能用财富来弥补希望的破灭。财富就像海水，喝得越多，就越口渴，名声同样是这个道理。除去第一次阵痛，丧失财富并不能让人的习惯气质出现改变；要是人不能摆脱财富减少的命运，他就会主动减少自己的权力。当噩运来临，减少权力确实十分痛苦，不过如果做了，这种痛苦就会慢慢减小，直至没有了感觉，就像痊愈的旧伤那样。相反的情形是，好运降临，权力愈来愈多，没有约束。这种扩展感让人快乐，但是非常短暂，当扩展完成，快乐也就跟着消失了，习惯了权力增加的人们，慢慢地就不再关心满足他们的财富数量。《奥德赛》中的一句话就是这一真理的描述：

在我们不能增长财富，却又不停想增加权力时，不满之情随之产生。

我们如果清楚人类的需要是何等之多，人类的生存怎样建立在这些需要之上，就不会惊讶于财富为什么要比世上其他东西更加尊贵，为什么财富会占有如此荣耀的地位；对于一些人把谋利看作生命的唯一目标，并把不属于此途的——比如哲学——推到一旁或抛弃于外，我们都不会觉得惊讶。那些渴求金钱和喜爱金钱超过一切的人总是会受到斥责，这是非常自然且不能避免的事情，他们就像多变又乐此不疲的海神，追求很多事物，随时随地都想满足自己的一切欲望。任何其他的事都会变成满足对象，不过一件事物仅能满足一个希望和一个需求。食物固然是好东西，却只有在饥饿时才是这样。假如晓得享受美酒的话，酒也是这样；患病时药便是好的；天冷时火炉便是好的；年轻时爱情便是好的。当然，这所有的好只是相对而言的，唯有金钱才是绝对的好：钱不仅可以具体地满足特殊的需要，还可以抽象地满足一切。

假如人有一笔自己非常满意的财富，他就应该把它作为抵御他可能会遇到的不幸或灾祸的保障，而不应当作在世间花天酒地的许可证，或认为钱就应该这样用。那些白手起家的人，通常认为致富的才能是他们的本钱，所挣得的金钱只能算作利润，所以他们尽数花掉所挣的钱，却不知道把一部分存起来当作固定资本。这类人大部分会再次沦为贫穷：或收入降低，或毫无进项，这一切源自他们才能的枯竭，或者时过境迁，让他们的才能丧失了用武之地。而那些以手艺为生的人，随便花掉所得却并无大碍，因为手艺是一种不易失去的才能，假如某人失去了手艺，他的同行完全能够弥补；另外，这类人的工作为社会普遍所需，因此古语说："一项有用的行当就像一座金矿。"而对于艺术家与其他专家，情形却又不同，这也是他们的收入比手艺人高得多的原因。这些收入高的人本来应该存一些钱当作资本，但他们却把收入当作利润全部花掉，以致后来变得十分窘困。此外，继承遗产的人至少可以知道哪部分是资本与利润，并尽力保全资本，轻易不会动用；假如情况紧急，他们至少会存起八分之一的利息来应付。所以他们中的大多数可以保证其地位不会降低。

前述的有关资本和利润的几个观点并不适用于商业界：金钱之于商人，就像工具之于工人，只是获取利益的手段，所以即使他的资本全都是自己努力赚取的，他也会灵活运用这些钱以保有和增加财富。因此，没有别处能像商业阶级那般，把财富当成平平常常的事物。

我们能轻易发现，那些切身体验过与了解贫穷和困乏滋味的人，不再害怕困苦，正因为这样，与那些家境富裕、只听说过穷苦的人相比，他们也更容易产生挥霍的习惯。与那些依靠运气致富的暴发户相比，生长于优越环境的人常常更加节省和谨慎计划未来。这样看来，真正的贫穷似乎并没有传闻中说的那么恐怖，其中真正的原因就是，出身优越的人总把财富看得如空气一般重要，失去财富他就不知该怎样生活；因此他会像保护自己的性命一样保护财富，进而也会热爱有规律、节俭和谨慎的生活作风。但对于自小习惯了贫穷的人而言，一旦致富，他也会把财富看作过眼烟云，就像尘土一样，可以随便用于享受奢侈品，因为他随时都可以过以往那种困苦的生活，还能不必为金钱忧虑。莎士比亚在《亨利四世》一剧中说："乞丐可以悠哉地生活一世，这话真不假！"

应该说，出身贫苦的人拥有坚定而充足的自信，相信命运，更相信天无绝人之路——相信自己的智慧，也相信自己的心灵；因此同富人不同，他们不会将贫穷的阴影看作无底的深渊，而是坚信，即便再一次跌倒，依然可以再爬起来——人性中的这个特点恰好可以证明婚前穷苦的妻子为何总比那些嫁妆丰厚的太太更爱花钱，要求也更多。显然，富家女带来的不只是财富，还有比贫家女更自然的保有这些财富的本能。假如有人怀疑这一点，并认为实际情况刚好相反，那么他可以在亚理奥斯图的第一首讽刺诗中找到答案；而另一方面，姜生博士的一段话却正好印证了我的观点："出身富贵家庭的女子，早就习惯了支配金钱的生活，懂得怎样谨慎地花钱；与之相比，一个因结婚而首次获得金钱支配权的女子则会更加热衷于花钱，奢侈浪费也就不足为奇了。"

在我奉劝大家慎重保管自己或赚取或继承的财富时，还有一件事情需要说明：倘若有一笔钱足以让人不必工作就能够独立舒适地生活，即使只够一个人的花销——够全家人用的就不必考虑了——也相当于捡了个大便宜，因为有了这笔钱，那好似慢性病一样黏在人们身上的贫苦就可以"药到病除"了，人类就能够从几乎注定了的强迫劳役中解脱出来。只有这样幸运的人才能说是生而自由的，他们才可以成为自己所处时代的主人，才可以在每天早上骄傲地说："这一天是我的。"

正因为这样，每年收入过百和每年收入过千的人之间的差距，远小于前者和一无所有者之间的对比。如果具备高度心智力的人继承了遗产，那么这笔财富就可以实现最大的价值，这种人大多追求的是一种自己不必拼命赚钱的生活，所以假如获得遗产，就好像获得了上天双倍的恩典，其聪明才智可以得到完美发挥，实现他人所不能实现的工作——可促进群众福利并增加整个人类的荣耀，假如他以百倍于此的价值报答曾给予他这区区之数的人类，另一类人或许会用其所获得的遗产去开展慈善事业以帮助同胞们。不过倘若这个人对上述事业毫无兴趣，也没有尝试去实践，从来不曾专心地研究一门学问以促进其发展，那么即使他长于优越的环境，这种环境也只会让他更愚笨，变成时代的蠢材，被他人所不齿。

如此情形下，他是不会感到幸福的。金钱虽然让他免于贫苦，却让他掉进另一种人类痛苦的深渊——烦闷。这种烦闷的痛苦，让他宁可贫苦——假如这能让他有事可做的话。也因为烦闷，让他更倾向于浪费，最后导致他丧失了这种自以为不值得去占的便宜。大家都是这样：当他们有了钱以后，就用钱去购得暂时的解放，以使自己逃离烦闷感的压迫，但最后的结果，常常是自己又陷入贫苦。

如果一个人以政治生涯的成功作为自己奋斗的目标，那么情况又会变得不一样。在政界，个人利益、朋友和各种关系都是帮助他迈向成功顶端的重要因素。在这种生活中，处在社会底层一无所有的人较容易实现目标。假如他雄心勃勃，头脑灵活，即使并非贵族出身，甚或身无分文，这不但不是他事业的障碍，反而更会增加他的声望。因为在平时与他人的接触中，几乎每个人都希望别人有不如自己的地方，这种情形在政界表现得更为明显。一个穷光蛋，不论是从哪一方面看，都是绝对地、彻底地不如他人，但他的弱小和微不足道，反而让他在政治把戏中悄然占有一席之地。唯有他可以做到深深的鞠躬，需要时甚至是磕头；只有他可以对任何事物妥协又能肆意嘲讽；只有他明白仁义道德的虚假；在提到或写到某位领导要人时，只有他能放开最大的音量和运用最大胆的笔调；只要他们稍做回应，他就能把这誉为最富神采的佳作。只有他清楚怎样乞求，所以如果他脱离孩童时期，就即刻变成一名教士，来宣传这种歌德所揭示的隐秘背后的秘密。

抱怨世俗目的的低下根本就是在发牢骚，无论人们怎么说，他们就是世界的统治者。

另一方面，生来就有充足财富可以舒适过一生的人，一般来说都会拥有一颗独立的心，不惯于同流合污，也不会低声下气地乞求他人，甚至还会追求一点儿才情，即使他应该清楚这种傲骨的才气远远不是凡人谄媚的对手；由此渐渐看清了上位者的本来面目，当对方羞辱自己时，就会表现得更加倔强和不屑。高处不胜寒——那些上位者绝非得世之道，他们必将牢牢记住伏尔泰所说的话：

生命短促如蜉蝣，用短短一生去侍奉那些卑鄙的浑蛋，是多么不值得啊！

不过，世间"卑鄙的浑蛋"终是人多势众，所以米凡诺所说的"假如你的贫穷大过才气，你是很难有所成就的"，只适用于文艺界，政界及社会的野心则另当别论。

在上述的人的产业中，我没有提到妻子与子女，由于我认为自己是为他们所有而并非占有他们。此外，我貌似还应该提到朋友，但朋友的关系应该是一种相互的关系。

要 么 庸 俗 ， 要 么 孤 独

能够自得其乐，感觉到万物皆备于我，并可以说出这样的话：我的拥有就在我身——这是构成幸福的最重要的内容。因此，亚里士多德说过的一句话值得反复回味：幸福属于那些容易感到满足的人（这也是尚福的妙语所表达的同一样思想，我把这句妙语作为警句放置这本书的开首）。这其中的一个原因是人除了依靠自身以外，无法有确切把握地依靠别人；另一个原因则是社会给人所带来的困难和不便、烦恼和危险难以胜数、无法避免。

获取幸福的错误方法莫过于追求花天酒地的生活，原因就在于我们企图把悲惨的人生变成接连不断的快感、欢乐和享受。这样，幻灭感就会接踵而至；与这种生活必然伴随而至的还有人与人的相互撒谎和哄骗。

首先，生活在社交人群当中必然要求人们相互迁就和忍让，因此，人们聚会的场面越大，就越容易变得枯燥乏味。只有当一个人独处的时候，他才可以完全成为自己。谁要是不热爱独处，那他也就是不热爱自由，因为只有当一个人独处的时候，他才是自由的。拘谨、掣肘不可避免地伴随着社交聚会。

社交聚会要求人们做出牺牲，而一个人越具备独特的个性，那他就越难做出这样的牺牲。因此，一个人逃避、忍受抑或喜爱独处是和这一个人自身具备的价值恰成比例。因为在独处的时候，一个可怜虫就会感受到自己的全部可怜之处，而一个具有丰富思想的人只会感觉到自己丰富的思想。一言以蔽之：一个人只会感觉到自己的自身。进一步而言，一个人在大自然的级别中所处的位置越高，那他就越孤独，这是根本的，同时也是必然的。如果一个人身体的孤独和精神的孤独互相对应，那反倒对他大有好处。否则，跟与己不同的人进行频繁的交往会扰乱心神，并被夺走自我，而对此损失他并不会得到任何补偿。

大自然在人与人之间的道德和智力方面定下了巨大差别，但社会对这些差别视而不见，对每个人都一视同仁。更有甚者，社会地位和等级所造成的人为的差别取代了大自然定下的差别，前者通常和后者背道而驰。受到大自然薄待的人受益于社会生活的这种安排而获得了良好的位置，而为数不多得到了大自然青睐的人，位置却被贬低了。因此，后一种人总是逃避社交聚会。而每个社交聚会一旦变得人多势众，平庸就会把持统治的地位。社交聚会之所以会对才智卓越之士造成伤害，就是因为每一个人都获得了平等的权利，而这又导致人们对任何事情都提出了同等的权利和要求，尽管他们的才具参差不一。接下来的结果就是：人们都要求别人承认他们对社会做出了同等的成绩和贡献。所谓的上流社会承认一个人在其他方面的优势，却唯独不肯承认一个人在精神思想方面的优势；他们甚至抵制这方面的优势。

社会约束我们对愚蠢、呆笨和反常表现出没完没了的耐性,但具有优越个性的人却必须请求别人对自己的原谅;或者,他必须把自己的优越之处掩藏起来,因为优越突出的精神思想的存在,本身就构成了对他人的损害,尽管它完全无意这样做。因此,所谓"上流"的社交聚会,其劣处不仅在于它把那些我们不可能称道和喜爱的人提供给我们,同时,还不允许我们以自己的天性方式呈现本色;相反,它强迫我们为了迎合别人而扭曲、萎缩自己。具有深度的交谈和充满思想的话语只能属于由思想丰富的人所组成的聚会。在泛泛和平庸的社交聚会中,人们对充满思想见识的谈话绝对深恶痛绝。所以,在这种社交场合要取悦他人,就绝对有必要把自己变得平庸和狭窄。

因此,我们为达到与他人相像、投契的目的就只能拒绝大部分的自我。当然,为此代价,我们获得了他人的好感。但一个人越有价值,那他就越会发现自己这样做实在是得不偿失,这根本就是一桩赔本的买卖。人们通常都是无力还债的;他们把无聊、烦恼、不快和否定自我强加给我们,但对此却无法做出补偿。绝大部分的社交聚会都是这样的实质。放弃这种社交聚会以换回独处,那我们就是做成了一桩精明的生意。另外,由于真正的、精神思想的优势不会见容于社交聚会,并且也着实难得一见,为了代替它,人们就采用了一种虚假的、世俗常规的、建立在相当随意的原则之上的东西作为某种优越的表现——它在高级的社交圈子里传统般地传递着,就像暗语一样地可以随时更改。这也就是人们名之为时尚或时髦的东西。但是,当这种优势一旦和人的真正优势互相碰撞,它就马上显示其弱点。并且,"当时髦进入时,常识也就引退了"。

大致说来，一个人只能与自己达致最完美的和谐，而不是与朋友或者配偶，因为人与人之间在个性和脾气方面的差异肯定会带来某些不协调，哪怕这些不协调只是相当轻微。因此，完全、真正的内心平和和感觉宁静——这是在这尘世间仅次于健康的至高无上的恩物——也只有在一个人孤身独处的时候才可觅到；而要长期保持这一心境，则只有深居简出才行。

这样，如果一个人自身既伟大又丰富，那么，这个人就能享受到在这一贫乏的世上所能寻觅得到的最快活的状况。确实，我们可以这样说：友谊、爱情和荣誉紧紧地把人们联结在一起，但归根到底人只能老老实实地寄望于自己，顶多寄望于他们的孩子。由于客观或者主观的条件，一个人越不需要跟人们打交道，那么，他的处境也就越好。孤独的坏处就算不是一下子就被我们感觉得到，也可以让人一目了然；相比之下，社交生活的坏处却深藏不露：消遣、闲聊和其他与人交往的乐趣掩藏着巨大的且通常是难以弥补的祸害。青年人首要学习的一课，就是承受孤独，因为孤独是幸福、安乐的源泉。据此可知，只有那些依靠自己，能从一切事物当中体会到自身的人才是处境最妙的人。西塞罗曾说过，"一个完全依靠自己，一切称得上属于他的东西都存在于他的自身的人是不可能不幸福的"。

除此之外，一个人的自身拥有越多，那么，别人能够给予他的也就越少。正是这一自身充足的感觉使具有内在丰富价值的人不愿为了与他人的交往而做出必需的、显而易见的牺牲；他们更不可能会主动寻求这些交往而否定自我。相比之下，由于欠缺自身内在，平庸的人喜好与人交往，喜欢迁就别人。这是因为他们忍受别人要比忍受他们自己来得更加容易。此外，在这世上，真正具备价值的东西并不会受到人们的注意，受人注意的东西却往往缺乏价值。每一个有价值的、出类拔萃的人都宁愿引退归隐——这就是上述事实的证明和结果。据此，对于一个具备自身价值的人来说，如果他懂得尽量减少自己的需求以保存或者扩大自己的自由，尽量少与他的同类接触——因为这世上人是无法避免与其同类打交道的，那么，这个人也就具备了真正的人生智慧。

促使人们投身于社会交往的，是人们欠缺忍受孤独的能力——在孤独中人们无法忍受自己。他们内心的厌烦和空虚驱使他们热衷于与人交往和到外地旅行、观光。他们的精神思想欠缺一种弹力，无法自己活动起来，因此，他们就试图通过喝酒提升精神，不少人就是由此途径变成了酒鬼。出于同样的原因，这些人需要得到来自外在的、持续不断的刺激——或者，更准确地说，通过与其同一类的人的接触，他们才能获取最强烈的刺激。一旦缺少了这种刺激，他们的精神思想就会在重负之下沉沦，最终陷进一种悲惨的浑噩之中。

我们也可以说：这类人都只各自拥有人性的理念之中的一小部分内容。因此，他们需要得到他人的许多补充。只有这样，他们才能在某种程度上获得人的完整意识。相比之下，一个完整、典型的人就是一个独立的统一体，而不是人的统一体其中的一小部分。因此，这个人的自身也就是充足完备的。在这种意义上，我们可以把平庸之辈比之于那些俄罗斯兽角乐器。每只兽角只能发出一个单音，把所需的兽角恰当地凑在一起才能吹奏音乐。大众的精神和气质单调、乏味，恰似那些只能发出单音的兽角乐器。确实，不少人似乎毕生只有某种一成不变的见解，除此之外，就再也没有能力产生其他的念头和思想了。由此不但解释清楚为什么这些人是那样的无聊，同时也说明了他们何以如此热衷于与人交往，尤其喜欢成群结队地活动。这就是人类的群居特性。

人们单调的个性使他们无法忍受自己，"愚蠢的人饱受其愚蠢所带来的疲累之苦"。人们只有在凑到一块、联合起来的时候，才能有所作为。这种情形与把俄罗斯兽角乐器集合起来才能演奏出音乐是一样的道理。但是，一个有丰富思想头脑的人，却可以跟一个能单独演奏音乐的乐手相比；或者，我们可以把他比喻为一架钢琴。钢琴本身就是一个小型乐队。同样，这样一个人就是一个微型世界。其他人需要得到相互补充，但这种人的单个的头脑意识本身就已经是一个统一体。就像钢琴一样，他并不是一个交响乐队中的一分子，他更适合独自一人演奏。如果他真的需要跟别人合作演奏，那他就只能作为得到别的乐器伴奏的主音，就像乐队中的钢琴一样。或者，他就像钢琴那样定下声乐的调子。

那些喜爱社会交往的人尽可以从我的这一比喻里面得出一条规律：交往人群所欠缺的质量只能在某种程度上通过人群的数量得到弥补。有一个有思想头脑的同伴就足够了。但如果除了平庸之辈就再难寻觅他人，那么，把这些人凑足一定的数量倒不失为一个好的办法，因为通过这些人的各自差异和相互补充——沿用兽角乐器的比喻——我们还是会有所收获的。但愿上天赐予我们耐心吧！同样，由于人们内心的贫乏和空虚，当那些更加优秀的人们为了某些高贵的理想目标而组成一个团体时，最后几乎无一例外都遭遇这样的结果：在那庞大的人群当中——他们就像覆盖一切、无孔不钻的细菌，随时准备着抓住任何能够驱赶无聊的机会——总有那么一些人混进或者强行闯进这一团体。用不了多长时间，这个团体要么遭到了破坏，要么就被篡改了本来面目，与组成这一团体的初衷背道而驰。

除此之外，人的群居生活可被视为人与人相互之间的精神取暖，这类似于人们在寒冷的天气拥挤在一起以身体取暖。不过，自身具有非凡的思想热力的人是不需要与别人拥挤在一块的。在《附录和补遗》的第二卷最后一章里，读者会读到我写的一则表达这层意思的寓言。一个人对社会交往的热衷程度大致上与他的精神思想的价值成反比。这一句话，"他不喜好与人交往"，就几乎等于说"他是一个具有伟大素质的人"了。

孤独为一个精神禀赋优异的人带来双重的好处：第一，他可以与自己为伴；第二，他用不着和别人在一起。第二点弥足珍贵，尤其我们还记得社会交往所意味着的束缚、烦扰甚至危险，拉布叶说过："我们承受所有不幸皆因我们无法独处。"热衷于与人交往其实是一种相当危险的倾向，因为我们与之打交道的大部分人道德欠缺、智力呆滞或者反常。不喜交际其实就是不稀罕这些人。一个人如果自身具备足够的内涵，以致根本没有与别人交往的需要，那确实是一大幸事；因为几乎所有的痛苦都来自与人交往，我们平静的心境——它对我们的幸福的重要性仅次于健康——会随时因为与人交往而受到破坏。

没有足够的独处生活，我们也就不可能获得平静的心境。犬儒学派哲学家放弃所拥有的财产、物品，其目的就是为了能够享受心境平和所带来的喜悦。谁要是为了同样的目的而放弃与人交往，那他也就做出了一个最明智的选择。柏那登·德·圣比埃的话一语中的，并且说得很美妙："节制与人交往会使我们心灵平静。"因此，谁要是在早年就能适应独处，并且喜欢独处，那他就不啻获得了一个金矿。当然,不是每一个人都能够这样做。正如人们从一开始就受到匮乏的驱赶而聚集在一起,一旦解决了匮乏,无聊同样会把人们驱赶到一块。如果没有受到匮乏和无聊的驱赶,人们或许就会孤身独处,虽然其中的原因只是每个人都自认为很重要,甚至认为自己是独一无二的,而独自生活恰好适合如此评价自己的人;因为生活在拥挤、繁杂的世人当中,就会变得步履艰难,左右掣肘,心目中自己的重要性和独特性就会被大打折扣。在这种意义上说,独处甚至是一种自然的、适合每一个人的生活状态:它使每一个人都像亚当那样重新享受原初的、与自己本性相符的幸福快乐。

当然,亚当并没有父亲和母亲!所以,从另一种意义上说,独处对于人又是不自然的,起码,当人来到这一世界时,他发现自己并不是孑然一身。他有父母、兄弟、姐妹,因此,他是群体当中的一员。据此,对独处的热爱并不是一种原初的倾向,而是在经历经验和考虑以后的产物;并且,对独处的喜爱随着我们精神能力的进展和与此同时岁数的增加而形成。所以,一般而言,一个人对社会交往的渴望程度与他的年龄大小成反比。

年幼的小孩独自待上一会儿就会惊恐和痛苦地哭喊。要一个男孩单独一人则是对他的严厉惩罚。青年人很容易就会凑在一块,只有那些气质高贵的青年人才会有时候试图孤独一人,但如果单独待上一天的时间,则仍然是困难的。但成年人却可以轻而易举做到这一点,他们已经可以独处比较长的时间了;并且,年纪越大,他就越能够独处。最后,到达古稀之年的老者,对生活中的快感娱乐要么不再需要,要么已经完全淡漠,同辈的人都已一一逝去,对于这种老者来说,独处正好适合他们的需要。但就个人而言，孤独、离群的倾向总是与一个人的精神价值直接相关。这种倾向正如我已经说过的，并不纯粹自然和直接地出自我们的需要，它只是我们的生活经验和对此经验进行思考以后的结果，它是我们对绝大多数人在道德和思想方面的悲惨、可怜的本质有所认识以后的产物。我们所能碰到的最糟糕的情形莫过于发现在人们的身上，道德上的缺陷和智力方面的不足共同联手作祟，那样，各种令人极度不快的情形都会发生。我们与大部分人进行交往时都感到不愉快，甚至无法容忍，原因就在这里。因此，虽然在这世界上不乏许许多多的糟糕东西，但最糟糕的莫过于聚会人群。甚至那个交际广泛的法国人伏尔泰也不得不承认："在这世上，不值得我们与之交谈的人比比皆是。"个性温和的彼特拉克对孤独有着强烈的、永恒不变的爱。他也为自己的这种偏好说出了同样的理由：

我一直在寻求孤独的生活河流、田野和森林可以告诉你们，我在逃避那些渺小、浑噩的灵魂，我不可以透过他们找到那条光明之路。

彼特拉克在他优美的《论孤独的生活》里面，详细论述了独处的问题。他的书似乎就是辛玛曼的那本著名的《论孤独》的摹本。尚福以一贯嘲讽的口吻谈论了导致不喜与人交往的这一间接和次要的原因。他说：有时候，人们在谈论一个独处的人时，会说这个人不喜欢与人交往，这样的说法就犹如当一个人不愿意深夜在邦地森林行走，我们就说这个人不喜欢散步一样。甚至温柔的基督教徒安吉奴斯也以他独特、神秘的语言表达了一模一样的意思：

希律王是敌人，上帝在约瑟夫的睡梦中让他知晓危险的存在。
伯利恒是俗界，埃及则是孤独之处。
我的灵魂逃离吧！否则痛苦和死亡就等待着你。

同样，布鲁诺也表示了这一意见："在这世上，那些想过神圣生活的人，都异口同声地说过：噢，那我就要到远方去，到野外居住。"波斯诗人萨迪说："从此以后，我们告别了人群，选择了独处之路，因为安全属于独处的人。"他描述自己说："我厌恶我的那些大马士革的朋友，我在耶路撒冷附近的沙漠隐居，寻求与动物为伴。"一句话，所有普罗米修斯用更好的泥土塑造出来的人都表达了相同的见解。这类优异、突出的人与其他人之间的共通之处只存在于人性中最丑陋、最低级，亦即最庸俗、最渺小的成分；后一类人拉帮结伙组成了群体，他们由于自己没有能力登攀到前者的高度，所以也就别无选择，只能把优秀的人们拉到自己的水平。这是他们最渴望做的事情。

试问，与这些人的交往又能得到什么喜悦和乐趣呢？因此，尊贵的气质情感才能孕育出对孤独的喜爱。无赖都是喜欢交际的；他们的确可怜。相比之下，一个人的高贵本性正好反映在这个人无法从与他人的交往中得到乐趣，他宁愿孤独一人，而无意与他人为伴。然后，随着岁月的增加，他会得出这样的见解：在这世上，除了极稀少的例外，我们其实只有两种选择：要么是孤独，要么就是庸俗。这话说出来虽然让人不舒服，但安吉奴斯——尽管他有着基督徒的爱意和温柔——还是不得不这样说：

孤独是困苦的，但可不要变得庸俗；因为这样，你就会发现到处都是一片沙漠。

对于具有伟大心灵的人来说——他们都是人类的真正导师——不喜欢与他人频繁交往是一件很自然的事情，这和校长、教育家不愿意与吵闹、喊叫的孩子们一齐游戏、玩耍是同一样的道理。这些人来到这个世上的任务就是引导人类跨越谬误的海洋，从而进入真理的福地。他们把人类从粗野和庸俗的黑暗深渊中拉上来，把他们提升至文明和教化的光明之中。

当然，他们必须生活在世俗男女当中，但却又不曾真正地属于这些俗人。从早年起他们就已经感觉到自己明显与他人有别，但只是随着时间的流逝才逐渐清晰地认识到自己的处境。他们与大众本来就有精神上的分离，现在，他们刻意再辅之以身体上的分离；任何人都不可以靠近他们，除非这些人并不属于泛泛的平庸之辈。

由此可知，对孤独的喜爱并不是一个原初的欲望，它不是直接形成的，而是以间接的方式主要是在具有高贵精神思想的人们那里逐渐形成。在这个过程中我们免不了要降服那天然的、希望与人发生接触的愿望，还要不时地抗拒魔鬼靡菲斯特的悄声的建议：

停止抚慰你那苦痛吧，它像一只恶鹰吞噬着你的胸口！
最糟糕的人群都会让你感觉到你只是人类中的一员而已。

——《浮士德》

孤独是精神卓越之士的注定命运：对这一命运他们有时会唏嘘不已，但是他们总是两害相权取其轻地选择了孤独。随着年岁的增长，在这方面做到"让自己遵循理性"变得越来越容易和自然。

当一个人到了60岁的年龄，他对孤独的渴望就已经真正地合乎自然，甚至成为某种本能了。因为到了这个年纪，一切因素都结合在一起，帮助形成了对孤独的渴望。对社交的强烈喜好，亦即对女人的喜爱和性的欲望，已经冷淡下来了。

事实上，老年期无性欲的状态为一个人达致某种的自足无求打下了基础；而自足无求会逐渐吸掉人对于社会交往的渴望。我们放弃了花样繁多的幻象和愚蠢行为；活跃、忙碌的生活到了此时也大都结束了。这时，再没有什么可期待的了，也不再有什么计划和打算。我们所隶属的一代人也所剩无几。周围的人群属于新的、陌生的一代，我们成了一种客观的、真正孤零零的存在。时间的流逝越来越迅速，我们更愿意把此刻的时间投放在精神思想方面。因为如果我们的头脑仍然保持精力，那么，我们所积累的丰富知识和经验，逐步经过完善了的思想见解，以及我们所掌握的运用自身能力的高超技巧都使我们对事物的研究比起以往更加容易和有趣。无数以前还是云山雾罩的东西，现在都被我们看得清晰明白；事情有了个水落石出的结果，我们感觉拥有了某种彻底的优势。

丰富的阅历使我们停止对他人抱有太高的期待，因为，总的说来，他人并不都是些经我加深了解以后就会取得我们的好感和赞许的人。相反，我们知道，除了一些很稀有和幸运的例子以外，我们碰到的除了是人性缺陷的标本以外，不会是别的东西。对于这些人我们最好敬而远之。因此，我们不再受到生活中惯常幻象的迷惑。我们从一个人的外在就可以判断其为人；我们不会渴望跟这种人做更深入的接触。最后，与人分离、与自己为伴的习惯成为我们的第二天性，尤其当孤独从青年时代起就已经是我们的朋友。因此，对于独处的热爱变成了最简单和自然不过的事情。但在此之前，它却必须先和社交的冲动做一番角力。在孤独的生活中，我们如鱼得水。所以，任何出色的个人——正因为他是出色的人，他就只能是鹤立鸡群、形单影只——在年轻时都受到这必然的孤独所带来的压抑，但到了老年，他可以放松地长舒一口气了。

当然，每一个人享受老年好处的程度，由这个人的思想智力所决定。因此，虽然每个人都在某种程度上享受到老年期的好处，但只有精神卓越的人才最大程度地享受老年的时光。只有那些智力低劣和素质太过平庸的人才会到了老年仍然像在青年时期那样对世俗人群乐此不疲。对于那个不再适合他们的群体来说，他们既啰唆又烦闷；他们顶多只能做到使别人容忍他们。但这以前，他们可是受到人们欢迎的人。

我们的年龄和我们对社交的热衷程度成反比——在这里，我们还可以发现哲学上的目的论发挥了作用。一个人越年轻，他就越需要在各个方面学习。这样，大自然就为年轻人提供了互相学习的机会。人们在与自己相仿的人交往时，也就是互相学习了。在这方面，人类社会可被称为一个庞大的贝尔·兰卡斯特模式的教育机构。一般的学校和书本教育是人为的，因为这些东西远离大自然的计划。所以，一个人越年轻，他就对进入大自然的学校越感兴趣——这合乎大自然的目的。

正如贺拉斯所说的，"在这世上根本就没有什么完美无瑕"。印度的一句谚语说："没有不带茎柄的莲花。"所以，独处虽然有着诸多好处，但也有小小的不便和麻烦。不过，这些不便和麻烦与跟众人在一起时的坏处相比却是微不足道的。因此，一个真正有内在价值的人肯定会发现孤身的生活比起与他人在一起更加轻松容易。但是，在孤独生活的诸多不便当中，一个不好之处却并不容易引起我们的注意：正如持续待在室内会使我们的身体对外界的影响变得相当敏感，一小阵冷风就会引致身体生病；同样，长期离群索居的生活会使我们的情绪变得异常敏感，一些不值一提的小事、话语，甚至别人的表情、眼神，都会使我们内心不安、受伤和痛苦。相比之下，一个在熙攘、繁忙当中生活的人却完全不会注意到这些鸡毛蒜皮的事情。

如果一个人出于对别人的有理由的厌恶，迫于畏惧而选择了孤独的生活，那么，对于孤独生活的晦暗一面他是无法长时间忍受的，尤其正当年轻的时候。我给予这种人的建议就是养成这样的习惯：把部分的孤独带进社会人群中去，学会在人群中保持一定程度上的孤独。这样，他就要学会不要把自己随时随地的想法马上告诉别人；另外，对别人所说的话千万不要太过当真。他不能对别人有太多的期待，无论在道德上还是在思想上。对于别人的看法，他应锻炼出一副淡漠、无动于衷的态度，因为这是培养值得称道的宽容的一个最切实可行的手段。

虽然生活在众人之中，但他不可以完全成为众人的一分子；他与众人应该保持一种尽量客观的联系。这样会使他避免与社会人群有太过紧密的联系，这也就保护自己免遭别人的中伤和侮辱。关于这种与人交往的节制方式，我们在莫拉丹所写的喜剧《咖啡厅或新喜剧》中找到那值得一读的戏剧描写，尤其在剧中第一幕的第二景中对 D. 佩德罗的性格的描绘。从这种意义上说，我们可以把社会人群比喻为一堆火，明智的人在取暖的时候懂得与火保持一段距离，而不会像傻瓜那样太过靠近火堆；后者在灼伤自己以后，就一头扎进寒冷的孤独之中，大声地抱怨那灼人的火苗。

附录
我的生命在乌云下暗淡

唱诗班穿过街巷

唱诗班穿过街巷
我们来到你家门前
我的忧伤会化作忧伤
假若你从窗口遥望

唱诗班在街上歌唱
双脚站在水中立在雪上
裹着一件薄薄的外套
我望着你的窗口

阳光被云彩遮住
而你柔和的目光
在这寒冷的清晨包围我
圣洁的温暖

你的窗户被窗帘挡住
你靠在丝垫上梦见

未来爱情的幸福
你知道命运的把戏吗?

唱诗班穿过街巷
我驻足的目光只是徒劳
窗帘挡住了目光
我的生命在乌云下暗淡

罗素对叔本华的评价

叔本华（Schopenhauer，1788—1860）在哲学家当中有许多地方与众不同。几乎所有其他的哲学家从某种意义上讲都是乐观主义者，而他却是个悲观主义者。他不像康德和黑格尔那样是十足学院界的人，然而也不完全处在学院传统以外。

他厌恶基督教，喜欢印度的宗教，印度教和佛教他都爱好。他是一个有广泛修养的人，对艺术和对伦理学同样有兴趣。他异乎寻常地没有国际主义精神；他熟悉英国、法国的作家就如同熟悉本国的作家一样。他的感召力向来总是少在专门哲学家方面，而是在自己信得过的哲学的艺术家与文人方面。

叔本华生于但泽，父母都出自当地的商业望族。他的父亲是个伏尔泰主义者，把英国看成自由和理智的国土。他和但泽大部分名流市民一样，恼恨普鲁士侵犯这个自由城市的独立，1793年但泽归并普鲁士时，他感到十分愤慨，不惜在金钱上受相当大的损失迁到了汉堡去。叔本华从1793年到1797年同父亲住在汉堡；然后在巴黎过了两年，两年终了他父亲见这孩子几乎把德语忘掉，感到高兴。1803年他被送进英国一所寄宿学校，他憎恨学校里的装腔作势和伪君子作风。

两年后，为讨好父亲，他当了汉堡一家商号的职员，但是他嫌恶商业生涯这种前程，憧憬文人学者的生活。他父亲之死（大概是自杀的）使他有可能如愿以偿；他的母亲是决意叫他弃商进学校和大学的。我们或许以为他因此会比较喜欢母亲，不喜欢父亲，但是事情恰好相反：他厌恶母亲，对他的父亲倒保持着亲挚的回忆。

叔本华的母亲是一个有文学志趣的女子，她在耶拿战役之前两个星期定居魏玛。在魏玛她主办了一个文艺沙龙，自己写书，跟文化人结交友谊。她对儿子没有什么慈爱，对他的毛病倒是眼力锐利。她训诫他不得夸夸其谈和有空洞的伤感；他则为了她跟旁人耍弄风情而生气。当他达到成年时，他继承了一份相当的资产；此后，他和母亲逐渐觉得彼此越来越不能容忍了。他对妇女的轻视，当然至少有一部分是他和母亲的争吵造成的。

叔本华在汉堡的时候已经受到了浪漫主义者们，特别是提克、诺瓦利斯及霍夫曼的影响，他跟这些人学会了赞赏希腊、认为基督教里的希伯来成分不好。另外一个浪漫主义者弗利德里希·施雷格尔使他对印度哲学的景仰更加坚定。

他在成年的那年（1809）入格廷根大学，学会仰慕康德。两年之后他进了柏林大学，在柏林大学他主要学习科学，他听过弗希特讲课，可是瞧不起他。在整个激荡人心的解放战争中，他一直漠然无动于衷。1819年他做了柏林大学的Privatdozent（无俸讲师），竟把自己的讲课和黑格尔的放在同一个钟点；他既然没能将黑格尔的听讲生吸引去，不久就停止讲课。最后他在德累斯顿安心过老独身汉生活。他饲养着一只取名Atma（宇宙精神）的鬈毛狗，每天散步两小时，用长烟斗吸烟，阅读伦敦《TIMES》，雇用通讯员搜求他的名声的证据。他是有反民主思想的人，憎恶1848年的革命；他信降神术和魔法。

在他的书斋里，有一个康德的半身雕像和一尊铜佛。除关于起早这一点而外，他在生活方式上尽力模仿康德。

他的主要著作《作为意志与表象的世界》是1818年年终发表的。他认为这部书非常重要，竟至于说其中有些段落是圣灵口授给他的。使他万分屈辱的是，这书完全没引起人的注意。1844年他促使出版社出了第二版，但是直到若干年后他才开始得到几分他所渴望的赏识。

假若我们可以根据叔本华的生活来判断，可知他的论调也不是真诚的。他素常在上等菜馆里吃得很好；他有过多次色情而不热情的琐屑的恋爱事件；他格外爱争吵，而且异常贪婪。有一回一个上了年纪的女裁缝在他的房间门外边对朋友讲话，惹得他动火，把她扔下楼去，给她造成终身伤残。她赢得了法院判决，判决勒令叔本华在她生存期间必须每季付给她一定的钱数（十五塔拉）。二十年后她终于死了，当时他在账本上记下："Obitanus, abitonus。"

除对动物的仁慈外，在他一生中很难找到任何美德的痕迹，而他对动物的仁慈已经做到反对为科学而做活体解剖的程度。在其他各方面，他完全是自私的。很难相信，一个深信禁欲主义和知命忍从是美德的人，会从来也不曾打算在实践中体现自己的信念。

从历史上讲，关于叔本华有两件事情是重要的，即他的悲观论和他的意志高于知识之说。有了他的悲观论，人们就不必要相信一切恶都可以解释开也能致力于哲学，这样，他的悲观论当作一种解毒剂是有用的。从科学观点看来，乐观论和悲观论同样都是要不得的：乐观论假定，或者打算证明，宇宙存在是为了让我们高兴，悲观论说是为了惹我们不高兴。

从科学上讲，认为宇宙跟我们有前一种关系或后一种关系都没有证据。信仰悲观论或信仰乐观论，不是理性的问题而是气质的问题，不过在西方哲学家当中乐观气质一向就普遍得多。所以，有个相反一派的代表人物提出一些本来会被人忽略的问题，可能是有益处的。

比悲观论更为重要的是意志第一的学说。显然这个学说同悲观论并没有必然的逻辑联系，叔本华以后主张此说的人经常从其中得到乐观论的基础。有许多现代的哲学家，值得注意的是尼采、柏格森、詹姆士和杜威，向来以这种或那种形式主张过意志至上说。而且，这学说在专门哲学家的圈子以外也风行开了。于是，随着意志的地位上升多少等，知识的地位就下降了若干级。我认为，这是在我们这时代哲学气质所起的最显著的变化。这种变化由卢梭和康德做下了准备，不过是叔本华首先以纯粹的形式宣布的。因为这个缘故，他的哲学尽管前后矛盾而且有某种浅薄处，作为历史发展中的一个阶段来看还是相当重要的。

李银河对叔本华的评价

1

近读叔本华人生哲学,这个人的哲学我一向珍爱,这次读仍觉特别解渴,他的一字一句都像甘霖,滴进干涸的心田。

他把人的命运概括为三类:人是什么;人有些什么;如何面对他人对自己的评价。他的看法是,第一类问题远比第二、三类重要:"一种平静欢愉的气质,快快乐乐地享受非常健全的体格,理知清明,生命活泼,洞彻事理,意欲温和,心地善良,这些都不是身份与财富所能促成或代替的。因为人最重要的在于他自己是什么。当我们独处的时候,也还是自己伴随自己,上面这些美好的性质既没有人能给你,也没有人能拿走,这些性质比我们所能占有的任何其他事物重要,甚至比别人看我们如何来得重要。"

过去就读过他的钟摆理论:人生就是在痛苦和无聊这二者之间像钟摆一样摆来摆去:当你需要为生存而劳作时,你是痛苦的;当你的基本需求满足之后,你会感到无聊。当时觉得这个说法非常深刻,又让人绝望——我已经经过痛苦的阶段,到达了无聊的一端。难道人生只能如此了?

这次阅读有了新发现!这就是他所说的"睿智的生活"。所谓睿智的生活,是一种丰富愉悦的精神生活,"从大自然、艺术和文学的千变万化的审美中,得到无穷尽的快乐,这些快乐是其他人不能领略的"。

过"睿智的生活",摆脱痛苦和无聊,这是叔本华为我指出的路。

2

叔本华的钟摆理论乍一听觉得刺耳,往深里一想令人十分绝望。他断言:人在各种欲望(生存、名利)不得满足时处于痛苦的一端;得到满足时便处于无聊的一端。人的一生就像钟摆一样在这两端之间摆动。

难道我们就不能超越叔本华钟摆吗?他只给少数人指了一条路:

——如果我们能够完全摆脱它们,而立于漠不关心的旁观地位,这就是通常所称"人生最美好的部分""最纯粹的欢悦",如纯粹认识、美的享受、对于艺术真正的喜悦等皆属之。

——某些人带着几分忧郁气质,经常怀着一个大的痛苦,但对其他小苦恼、小欣喜则可生出蔑视之心。这种人比之那些不断追求幻影的普通人，要高尚得多了。

能够超越叔本华钟摆的只是极少数有天赋、有艺术气质的幸运儿。他们超越了世俗生活中的小苦恼（比如没钱啊，没评上职称啊，没升官啊等等）、小欣喜（比如有了钱啊，评上职称啊，升了官啊等等），从纯粹认知（科学的事业）当中得到快乐，从美的享受（艺术的创造与欣赏）当中得到快乐。

有时，我能从写作一篇小文章中获得纯粹认知的快乐，从读一本小说中获得真正的喜悦。我希望能够因此摆脱叔本华钟摆，在有生之年活得快乐、充实。

要想摆脱叔本华钟摆，除了纯粹认知和美的享受，还要"经常怀着一个大的痛苦"，那就是直面生命的残酷——它是那么无可救药的短暂，就像朝生夕死的蜉蝣，短短的几十年过后就消失得无影无踪。

（摘自《李银河：我的生命哲学》）

叔本华生平及大事记

1788年

2月22日：阿瑟·叔本华生在但泽（今波兰格坦斯克）一个大商人家里，父亲叫海因里希·弗洛里斯·叔本华，母亲叫约翰娜·亨利埃特，娘家姓特罗西纳。

3月3日：受洗礼于圣玛利亚教堂。

阿瑟和他母亲一起迁居奥里瓦庄园，他在那儿度过了童年。

康德：《实践理性批判》。

1789年

阿瑟的外祖父克里斯蒂安·海因里希·特罗西纳租进斯图特庄园。

3月4日：美国宪法公布。

5月5日：法国在凡尔赛召开三级会议，这是自1614年来举行的第一次三级会议。

6月17日：法国第三等级组成国民议会（1789—1791年的制宪议会）。

6月20日：国王封闭国民议会会场，代表们在网球场集会，宣誓"非俟宪法制成，议会决不解散"。史称"网球场宣誓"。

7月14日：攻占巴士底狱。

1790年

2月20日：奥地利皇帝约瑟夫二世去世，利奥波特二世继位。

1791年

1月15日：奥地利诗人弗朗茨·格里尔帕尔泽诞生。

4月2日：法国第三等级代表米拉波伯爵去世。

6月20—25日：法国国王阴谋逃跑，但在发棱被发现，押回巴黎。

8月27日：庇尔尼茨宣言。普鲁士国王弗里德里希·威廉二世和奥地利皇帝利奥波特二世决定支持法国君主专制。

12月5日：莫扎特诞生。

1792—1797年

第一次联盟战争。

1792年

3月1日：利奥波特二世去世。其子弗朗茨一世成为罗马—德意志帝国皇帝。

8月10日：法国"无套裤汉"革命群众攻进巴黎土伊勒里宫。

9月20日：法国革命军在瓦尔密力挫普鲁士军，普军撤退。法军占领中莱茵区。攻进比利时。

1793年

1月21日：法国国王路易十六被处决。普鲁士、奥地利、英国、荷兰、西班牙、葡萄牙、撒丁和那不勒斯组成第一次反法联盟。

波兰被第二次瓜分。但泽、波森（即波茨南）等被划归普鲁士。国王弗里德里希·威廉二世决定封锁但泽。

在但泽被占领前不久，叔本华一家离开了该市，迁住汉堡，住旧城新街76号。

6月：汉堡开办了第一个德国公共浴室——"浮船浴场"。

7月13日：让·保尔·马拉被杀。

9月：法国恐怖统治。

10月16日：法国王后被处死。

12月23日：阿瑟的祖父安德烈亚斯·叔本华去世。

歌德：《莱纳克狐》。

1794年

3—4月：阿瑟的叔叔约翰·弗里德里希·叔本华在但泽去世。

4月5日：丹敦和德穆兰被处死。

7月28日：圣·鞠斯特和罗伯斯庇尔被送上断头台。

1795—1799年

法国督政府统治。

1795年

4月5日：法国和普鲁士签订《巴塞尔和约》。波兰被第三次瓜分。

12月21日：德国历史学家利奥波特·冯·朗克诞生。

1796年

叔本学家搬到汉堡新万德拉姆街92号。拿破仑进军意大利。

11月17日：俄国女沙皇卡塔琳娜去世。保尔一世继位。

歌德：《赫尔曼与多罗特娅》。

1797年

阿瑟的外祖父克里斯蒂安·H. 特罗西纳去世。

1月10日：德国女诗人安内特·冯·德罗斯特-许尔霍夫诞生。

1月31日：法朗茨·舒伯特诞生。

6月12日：叔本华的妹妹路易丝·阿德莱特·拉维尼亚（阿德勒）诞生。

7月：阿瑟和父亲一起去巴黎和勒阿弗尔。他在那儿在格雷戈勒·德布雷西曼家住了二年，和德布雷西曼的儿子安提姆交上了朋友。学习法语和法国文学。

9月4日：拿破仑政变。

10月4日：瑞士现实主义作家耶雷米亚斯·戈特黑尔夫诞生。

10月17日：法国和奥地利签订《坎波—佛米奥和约》。

12月13日：海因利希·海涅诞生。

1798—1799年

拿破仑出征埃及。

1798年

1月19日：法国哲学家奥古斯特·科姆特诞生。

2月13日：浪漫派作家威廉·海因里希·瓦肯罗特去世。

2月：波拿巴计划在勒阿弗尔造船厂制造大炮和舰船。

1799—1802年

第二次反法联盟战争。

1799年

马蒂亚斯·克劳迪乌斯匿名发表《致我的儿子H.》。

春季：阿瑟·叔本华的朋友戈德弗里特·雅尼施死于汉堡。

5月20日：巴尔扎克诞生。

8月：叔本华因法国的政治形势经海路回到汉堡。进龙格博士办的私立学校学习，直至1813年。和商人的儿子沙里士·戈特弗劳伊、酒商的儿子格奥尔格·克里斯蒂安·洛伦茨·迈尔交上朋友。

11月9日：拿破仑政变。

1800年

叔本华家去布拉格和卡尔斯巴德旅行。在魏玛会见席勒，在柏林会见伊夫兰德。

10月17日：返回汉堡。

1801年

2月9日：法国和奥地利签订《吕内维尔和约》。

丹麦对汉堡的占领结束。

约翰·海因里希·威廉·蒂施拜因迁往汉堡。

3月22日：克洛普施托克在汉堡诞生。

3月23日：沙皇保尔一世被刺。亚历山大继位。

3月25日：浪漫派诗人诺瓦利斯去世。

12月11日：德国戏剧家克里斯蒂安·迪特里希·格拉贝在德特莫尔特诞生。

1802年

叔本华阅读让·巴底斯特·罗范·德·高乌雷的《福布拉骑士的爱情冒险》。

2月26日：维克多·雨果诞生。

3月26—27日：法国和英国签订《阿眠和约》。

7月24日：大仲马诞生。

8月：拿破仑规定自己终身任第一执政。

8月13日：奥地利诗人尼古拉斯·雷瑙诞生。

1803年

2月25日：雷根斯堡《全帝国专使会总决议》。

3月14日：德国诗人弗里德里希·戈特利布·克洛普斯托克去世。

叔本华根据父亲的意愿决定不上文科学校学习，决定将来不当学者。他开始了一次长达数年的旅行，周游了荷兰、英国、法国和奥地利，并开始学习经商。

5月3日：踏上旅途。

5月18日：英国对法宣战。

5月26日：法国进军汉诺威。

6月30日—9月20日：叔本华在温布尔登的住宿学校学英语。

9月28日：梅里美诞生。

12月18日：约翰·戈特弗里德·冯·赫尔德去世。

1804年

2月12日：伊曼努尔·康德去世。

6月19日：叔本华家在奥地利布劳瑙。

8月25日：结束在国外的旅行。

9月：叔本华在但泽住了三个月。在巨商雅各布·卡布隆处学习，卡布隆后来创办了商业学院。

9月8日：德国诗人爱德华·默里克诞生。

12月23日：法国文学批评家、作家圣佩韦诞生。

1805年

第三次反法联盟战争。

年初：叔本华在汉堡大商人马丁·约翰·耶尼施那儿学习。他还听龙格博士的神学讲演。

4月20日：叔本华的父亲自杀。

5月9日：席勒去世。

8月：约翰娜·叔本华将新万德拉姆街的房子出卖。全家迁往科尔霍夫街87号。

10月21日：奈尔逊在特拉发加海角战胜法国和西班牙的联合舰队。

10月23日：奥地利诗人阿达贝特·施蒂夫塔诞生。

12月2日：奥斯特里支战役。拿破仑获胜。

12月15日：《申布龙条约》。

12月26日：《普勒斯堡和约》。奥地利割让属地，承认拿破仑为意大利国王。

1806年

第四次反法联盟战争。

5月：约翰娜·叔本华在魏玛。

阿瑟青年时代的朋友安迪墨来汉堡学习经商。

7月12日：在法国领导下的莱茵同盟成立。

8月：罗马—德意志帝国皇帝弗朗茨二世逊位。

9月21日：阿德勒和约翰娜·叔本华最终迁居魏玛。

约翰娜·叔本华和歌德交好。

10月14日：耶拿和奥尔斯塔特之战。法军获胜。

费希特：《论天国的生活》。

1807年

5月底：叔本华离汉堡经魏玛去戈塔。和卡尔·路德维希·费尔瑙交上朋友。

6月：开始在戈塔文科中学跟弗里德里希·雅各布兄弟学习。叔本华住在卡尔·戈特霍德·棱茨教授家里。

7月7—9日：法、俄、普提尔西特和谈。威斯特法伦王国和华沙大公国建立。

12月：一首嘲笑克里斯蒂安·费迪南德·舒尔策的讽刺诗使叔本华极为不满。他离开文科中学，迁居魏玛。和作家约翰内斯·丹尼尔·法尔克、剧作家扎哈里亚斯·维尔纳相识。

费希特：《告德意志公民书》。

1808—1814年

拿破仑对西班牙和葡萄牙的战争。

1808年

9月：叔本华和丹尼尔·法尔克亲见了沙皇亚历山大和拿破仑在爱尔富特的会见。

12月4日：卡尔·路德维希·费尔瑙去世。

法国浪漫派诗人德·尼及尔诞生。

德国诗人海因里希·克莱斯特主办的杂志《菲比斯》（太阳神阿波罗的别名）出版。

1809年

2月3日：叔本华和卡罗琳·耶格曼同时在魏玛参加一次假面舞会。

2月22日：叔本华成年。

5月31日：约瑟夫·海顿去世。

奥地利反法战争。

5月：拿破仑在阿斯本战败。

7月5—6日：瓦格拉姆战役。拿破仑打败奥军。

10月：《申布龙和约》。

10月7日：叔本华去哥丁根，并于10月9日开始在那儿学医。和后来任普鲁士驻梵蒂冈、驻伦敦大使克里斯蒂安·卡尔·约西亚斯·冯·邦森，以及威廉亚姆·巴克豪泽·阿斯泰尔结识。叔本华的哲学老师是弗里德里希·博特韦克和戈特洛布·恩斯特，舒尔策，在舒尔策的指导下，他研读了柏拉图和康德的著作。柏林大学开办。

歌德：《亲和力》。

1810年

3月1日:波兰音乐家肖邦诞生。

6月8日:德国音乐家罗伯特·舒曼诞生。

6月17日:德国诗人费迪南德·弗赖里格拉特诞生。

约翰娜·叔本华著的《C. L. 费瑙传》出版。

1811年

复活节:叔本华和克里斯蒂安·邦森在魏玛。

9月:叔本华开始在柏林大学学习两年,约翰·戈特里布·费希特在大学执教。叔本华研究费希特哲学。和动物学教授马丁·海因里希·利希腾施泰因结下友谊。

10月22日:匈牙利音乐家弗朗茨·李斯特诞生。

11月21日:海因里希·冯·克莱斯特去世。

1812年

3月28日:法军进驻柏林。

夏季学期:叔本华和德国哲学家、神学家弗里德里希·恩斯特·丹尼尔·施莱马赫尔发生争论。

6月24日：法军开始进军俄国。

夏季：叔本华经魏玛和德累斯顿去坦普立兹旅行。

9月17日：莫斯科大火。

10月17日：阿达贝特·冯·沙米索（后来成为诗人和自然科学家）被柏林大学录取。

10—11月：拿破仑军从俄国撤回。

1813—1814年

德国解放战争。

1813年

1月20日：德国诗人克里斯多夫·马丁·维兰去世。

3月18日：诗人弗里德里希·黑贝尔诞生。

5月2日：吕策和格罗斯戈森战役时，叔本华逃出柏林。

5月5日：丹麦神学家和哲学家泽伦·克尔凯郭尔诞生。

5月11日：拿破仑在德累斯顿。

5月22日：叔本华在德累斯顿。

5月22日：德国音乐家里夏德·瓦格纳诞生。

6月：叔本华在魏玛撰写博士论文。

10月16—19日：莱比锡大会战，拿破仑失败。

10月17日：德国诗人、戏剧家格奥尔格·毕希纳诞生。

10月31日：莱茵同盟解体。

11月5日：叔本华回到魏玛他母亲家里。

11月底：歌德赞赏叔本华的成就。他们进行了长谈，专门讨论了歌德的颜色理论。

1814年

1月19日：约翰·戈特利希·费希特去世。

3月31日：联军攻入巴黎。

4月6日：拿破仑退位，被囚在地中海厄尔巴岛。

4月10日：路易十八即位，波旁王朝复辟。

4月：叔本华和他母亲的争吵达到顶点。

4月30日：《哥丁根学报》发表了对叔本华哲学著作的第一篇评论。

5月：叔本华和他母亲彻底决裂。叔本华离开魏玛，后在德累斯顿住了四年。和泛神论者卡尔·克里斯蒂安·弗里德利希·克劳泽，画家路德维希·西吉斯蒙德·鲁尔，作家赫尔曼·冯·皮克勒-穆斯卡乌、费迪南德·弗赫尔·冯·比登费尔特认识。

5月30日：联军和法国签订《第一次巴黎条约》。

11月：维也纳会议开幕。

1815年

撰写《论视觉和颜色》（1816年印刷）。

1月21日：德国诗人马蒂亚斯·克劳提乌斯去世。

3月1日：拿破仑在法国登陆。"百日政变"开始。

4月1日：奥托·冯·俾斯麦诞生。

6月8日：维也纳会议和"德意志同盟"组成。

6月18日：滑铁卢之役。

6月22日：拿破仑第二次退位。

9月26日："神圣同盟"建立。

11月20日：《第二次巴黎和约》。

1816年

叔本华住在德累斯顿郊区的奥斯特拉大街。

1818年

3月：完成《作为意志和表象的世界》的初稿。

5月5日：卡尔·马克思诞生。

5月31日：德国诗人格奥尔格·赫尔韦格诞生。

8月：叔本华为他的主要著作《作为意志和表象的世界》撰写前言。

亚琛会议。占领军提前从法国撤出。

9月14日：德国作家特奥多尔·斯托姆诞生。

10月22日：德国教育家、作家约阿希姆·海因里希·卡姆佩去世。

秋季：叔本华去意大利旅行。

10—11月：在威尼斯。

12月：在佛罗伦萨。

1819年

年初：《作为意志和表象的世界》由F. A. 勃洛克豪斯出版。

1—2月：叔本华在罗马。

2—4月：叔本华去庞培等地旅行。

3月23日：德国戏剧家奥古斯特·冯·柯采布埃被大学生K. L. 赞特谋杀。

叔本华从罗马经意大利北部（佛罗伦萨、威尼斯和维罗那）回到瑞士。

7月19日：瑞士诗人戈特弗里德·克勒尔诞生。

8月25日：叔本华重返德累斯顿。

但泽亚伯拉罕·路德维希·樛尔商号倒闭，叔本华家因而发生财政危机。

10月：维也纳《文学年鉴》和魏玛《文学周刊》发表了第一批对《作为意志和表象的世界》的否定性评论。

12月30日：德国诗人和戏剧评论家特奥多尔·冯塔纳诞生。

12月31日：叔本华申请在柏林大学当哲学讲师。

1820年

1月29日：英王乔治三世去世。其子乔治四世继位。

叔本华和黑格尔发生争执。叔本华第一个，也是唯一的一个讲座《整个哲学就是关于世界的本质和人的精神的学说》失败。

5月15日：维也纳会议决议。德意志邦联建立。

11月28日：弗里德里希·恩格斯诞生。

柏林新剧院开幕。

西班牙、葡萄牙革命爆发。

1821—1829年

希腊独立战争。

1821年

韦伯的《魔弹射手》在柏林首演。

1月：神圣同盟莱巴赫会议。

4月7日：法国诗人卡勒斯·波德莱尔诞生。

5月5日：拿破仑死于圣海伦拿岛。

12月12日：法国作家古斯塔夫·福楼拜诞生。

黑格尔发表《法哲学原理或自然法和国家学纲要》。

1822年

1月6日：德国考古学家海里利希·谢里曼诞生。

5月27日：叔本华经瑞士去米兰和佛罗伦萨旅行。

6月26日：德国诗人、音乐家E. T. A. 霍夫曼去世。

1823年

1月17日：德国戏剧家扎哈里亚斯·维尔纳去世。

5月3日：叔本华在特里恩特。后经慕尼黑返回。

7月5日：约翰娜·叔本华剥夺叔本华的继承权。

12月2日：美国发表《门罗宣言》。不准欧洲国家干涉美洲事务。

1824年

5月26日—6月19日：叔本华在加施泰因浴场治病。

9月：叔本华在德累斯顿。

9月4日：奥地利作曲家安东·布鲁克纳诞生。

9月16日：路易十八去世。查理十世继位。

1825年

4月11日：费迪南德·拉萨尔诞生。

5月19日：圣西门去世。

11月14日：德国诗人让·保尔去世。

12月1日：沙皇亚历山大一世去世，由其弟尼古拉继位。

1826年

2月14日：德国作家约翰内斯·丹尼尔·法尔克诞生。

3月29日：威廉·李卜克内西诞生。

夏季学期：叔本华最后尝试举行讲座。

1827年

2月17日：瑞士教育学家约翰·海因里希·裴斯泰洛齐去世。

3月26日：贝多芬去世。

1828年

9月9日：列夫·托尔斯泰诞生。

11月19日：舒伯特去世。

1829年

叔本华翻译西班牙哲学家巴尔塔扎尔·格拉西恩的《处世预言》。出版商勃洛克豪斯拒绝出版。

1月12日：德国浪漫派作家弗里德利希·冯·施莱格尔去世。

7月26日：名画《歌德在加姆班格》的作者约翰·海因里希·威廉·蒂施本去世。

歌德完成《威廉·迈斯特的漫游年代》。

1830—1831年

波兰革命。

1830年

6月25日：英王乔治四世去世，其弟威廉四世继位。

7月26日：法国七月革命。查理十世退位，并逃往英国，路易·菲力普继位，建立"七月王朝"。

1831年

1月21日：德国浪漫派诗人阿兴姆·冯·阿尼姆去世。

8月25日：叔本华因惧怕霍乱病而离开柏林。

9月8日：德国诗人威廉·拉贝诞生。

11月14日：格奥尔格·W. Fr. 黑格尔因霍乱死于柏林。

年底：叔本华在法兰克福。

1832年

3月22日：约翰·沃尔夫冈·歌德去世。

5月27日：汉巴哈大会，号召为建立统一的德意志共和国而斗争。

从7月起，叔本华在曼海姆。

9月21日：苏格兰诗人瓦尔特·司各特爵士去世。

1833年

5月7日：约翰内斯·勃拉姆斯诞生。

7月6日：叔本华定居在莱茵河畔法兰克福，在那儿度过了他余生的二十八年。

1834—1839年

西班牙卡罗斯党人战争。

1834年

"德意志关税同盟"建立。

2月12日：德国哲学家和神学家弗里德里希·施莱马赫尔去世。

1835年

叔本华撰写《自然界中的意志》。

3月2日：奥地利皇帝弗朗茨一世去世，费迪南德一世继位。

4月8日：威廉·冯·洪堡去世。

1836年

9月12日：德国戏剧家克里斯蒂安·迪特里希·格拉贝去世。

1837年

撰写《致建立歌德纪念碑委员会》一文。

2月10日：亚历克赛·普希金在决斗中丧生。

2月12日：德国作家路德维希·别尔内去世。

2月16日：德国戏剧家格奥尔格·毕希纳去世。

4月3日：德国神学家弗里德希·海因里希·克里斯蒂安·施瓦茨去世。

6月20日：威廉四世去世。维多利亚女皇继位。

1838年

2月：德国戏剧家格斯滕贝格诞生。

4月17日：约翰娜·叔本华去世。

8月21日：德国诗人和自然科学家阿德尔贝特·冯·沙米索去世。

12月：费尔巴哈的《实证哲学的批判》出版。

1839年

叔本华撰写征文《论意志自由》。

3月21日：俄国作曲家莫德斯特·莫索尔斯基诞生。

1840年

叔本华撰写征文《论道德的基础》。

1月7日：奥地利国王弗里德利希·威廉三世去世，其子威廉四世继位。

2月22日：奥古斯特·倍倍尔诞生。

4月2日：爱米尔·左拉诞生。

5月7日：柴可夫斯基诞生。

8月25日：德国诗人卡尔·伊默曼去世。

1841年

博士尤利乌斯·弗劳恩施塔特成为阿瑟·叔本华的学生。

1842年

阿德勒·叔本华看望她的哥哥。

3月18日：法国诗人斯丹枫·马拉美诞生。

3月23日：法国作家司汤达（斯丹达尔）去世。

7月28日：德国诗人克莱门斯·勃伦塔诺去世。

1843年

3月1日：叔本华迁往法兰克福好希望街17号。

6月7日：德国诗人弗里德利希·荷尔德林去世。

弗里德里希·多尔古特发表《唯心主义的错误根源》一书，叔本华的学说在这部著作中得到了承认。

1844年

F. A. 勃洛克豪斯出版《作为意志和表象的世界》的第二版。

3月30日：法国诗人保尔·魏尔伦诞生。

4月16日：法朗士诞生。

10月15日：尼采诞生。

西里西亚织工起义。

海涅：《德国，一个冬天的童话》。

1845年

3月12日：德国诗人、文艺理论家奥古斯特·冯·施莱格尔去世。

多尔古特：《叔本华及其真理》。

1847年

叔本华的博士论文再版。

1848年

2月：卡尔·马克思和弗里德里希·恩格斯发表《共产党宣言》。

2月22—24日：法国二月革命。法兰西第二共和国成立。

3—5月：柏林、维也纳、慕尼黑起义。

5月18日：全德国民议会在莱茵河畔法兰克福保尔教堂开幕。

5月24日：德国女诗人安内特·冯·德罗斯特·许尔霍夫去世。

6月23—26日：巴黎工人六月起义。

12月2日：奥皇费迪南德一世退位，弗朗茨·约瑟夫一世继位。

1849年

3月28日：德意志帝国宪法在法兰克福被通过。

普鲁士弗里德希·威廉四世被选为德国皇帝。

4月28日：威廉四世拒绝登位。

5月：德累斯登和巴登起义。

8月25日：阿德勒·叔本华去世。

10月17日：肖邦去世。

1850年

1月31日：普鲁士国王强令宪法生效。

3—4月：爱尔福特议会。

7月2日：普鲁士和丹麦签订《柏林和约》。

8月5日：莫泊桑诞生。

8月18日：巴尔扎克去世。

8月22日：奥地利诗人尼古拉斯·莱瑙去世。

11月30日：重建德意志联盟。

普鲁士和奥地利签订《奥尔谬茨条约》。

1851年

11月：《附录和补遗》在柏林由A.W.海因出版。此书获得好评。

第一届世界博览会在伦敦举行。

1852年

3月4日：果戈里去世。

12月2日：路易·波掌巴即帝位，称拿破仑三世。

1853年

4月28日：德国浪漫派诗人路德维希·蒂克去世。

1854年

《自然界中的意志》第二版出版。

8月20日：弗里德里希·冯·谢林去世。

10月20日：法国诗人让·阿瑟·兰波诞生。

10月22日：瑞士作家耶雷米亚斯·高特黑尔夫去世。

弗劳恩斯丹特：《论叔本华哲学的书信》。

1855年

11月11日：丹麦神学家、哲学家克尔凯郭尔去世。

世界博览会在巴黎举行。

1856年

2月17日：海因利希·海涅在巴黎去世。

5月6日：精神分析学家西格蒙特·弗洛伊德诞生。

7月9日：鲁伯特·舒曼去世。

1857年

5月2日：法国诗人阿尔弗雷德·德·缪塞去世。

5月4日：弗里德里希·黑贝尔和威廉·约尔丹到法兰克福访问。

波恩大学讲授叔本华的哲学。

10月初：克里斯蒂安·卡尔·约西亚斯·冯·本森访问叔本华。

法国哲学家和社会学家奥古斯特·孔德去世。

1858年

2月22日：叔本华七十寿辰。

叔本华拒绝提任柏林皇家科学院院士。

德·桑克蒂斯：《叔本华和利奥波特》。

1859年

《作为意志和表象的世界》第三版出版。

7月：叔本华迁进好希望街16号。

10月：伊丽莎白·奈完成叔本华的雕像。

1860年

1月29日：契诃夫诞生。

8月：叔本华突然窒息。

9月9日：叔本华得肺炎。

9月21日：叔本华去世。

9月26日：葬于法兰克福市公墓。